어머니의 눈물

어머니의 눈물

지은이 _ 이동민

초판 발행 _ 2014년 5월 15일

펴낸곳 _ 수필미학사
펴낸이 _ 신중현

등록번호 _ 제25100-2013-000025호
등록일자 _ 2013. 9. 2.

대구광역시 달서구 문화회관11안길 22-1(장동) 출판산업단지 9B 7L
전화 _ (053) 554-3431, 3432   팩시밀리 _ (053) 554-3433
홈페이지 _ http://www.학이사.kr
이메일 _ hes3431@naver.com

값 10,000
ISBN _ 979-11-85616-13-1 03810

어머니의 눈물

이동민 수필선

수필미학사

　수필미학사에서 선집을 출판하자는 제안을 해왔다. 꼽아
보니 명색이 수필가로 등단한 지 이십여 년이 되었다. 1994년
에 첫 수필집을 발간한 후 벌써 20년 세월이 흘렀다. 그동안
여섯 권의 수필집을 발간하였으니 선집을 꾸며볼 만도 하다
는 생각이 들었다.

　막상 작품을 고르고 원고를 정리하면서 부끄럽다는 생각을
감출 수 없었다. 하지만 내 글을 한 번쯤은 되짚어보고 싶었
다. 생각나는 대로 글을 마구 쓰다 보니 내가 어떤 글을 썼는
지도 잘 모르고 지나왔다. 출판사에서 30편만 선해 달라는 부
탁을 받고 내 수필집을 꺼내어 작품을 골라 보았다. 여기에
수록된 작품은 그간 내가 지향해온 수필세계일 것이다. 어린
시절, 고향 이야기 그리고 어머니 이야기가 무척 많다. 아버
지 이야기는 눈에 거의 띄지 않는다. 학교에 다닐 때의 어려
움 속에서 형제간의 따뜻한 정을 다룬 글도 있다. 내가 지향
한 마음의 고향이 어딘지를 짐작게 하는 대목이다.

　나이가 든 탓일까? 요즘의 글에는 삶에 대한 어설픈 고뇌도

보인다. 이러한 것들은 하잘것없는 삶의 부스러기이겠지만, 나에게는 소중한 의미들이다. 글을 읽고 지난 삶을 되돌아 보니 회한도 있고 슬픔도 있다. 분노도 있고 후회도 있다. 그런데 이미 종이 위에 붓 자국을 남겨버렸으니 지울 수 없다. 인제 어찌할 수 없으나 새로운 삶을 산다면 이렇게 하지는 않으리라 싶다. 이 책에 실린 글은 미우나 고우나 나를 다시 생각해 보는 흔적들이다.

작은 바람이 있다면, 내 글이 누군가에게 '가시오, 가지 마시오.' 하는 길잡이가 되어주었으면 좋겠다.

나의 부족한 글을 모아서 출판해 준 수필미학사 관계자 여러분께 감사한다.

2014년 5월

이 동 민

■ 차 례

제1부

나의 울타리

바람이 일고

우리 집에는 요즘 거친 풍랑이 일고 있다.

대학에 들어간 큰 녀석의 생활이 고등학교 때와는 엄청나게 달라졌다. 새벽 6시만 되면 눈을 비비고 집을 나서던 아이였다. 지금은 온 식구가 식탁에 둘러앉아 있는데도 여전히 방에 누워 있다. 아예 일어날 낌새조차 보이지 않는다. 무슨 모임이 그렇게 많은지 환영회다, 동문회다, 동아리다 하면서 거의 매일이다시피 늦게 들어온다. 지옥 같은 고3의 터널을 벗어났으니 그럴 수도 있겠다며 이해하려 했다. 늦게 들어오니 아침에 늦잠을 자는 것은 당연하리라. 신입생 시절이 지나면 생활이 다시 제자리로 돌아오리라.

해가 중천에 떠오를 때까지 잠에 곯아떨어져 있으니 첫 시간은 수업도 빼먹는 눈치였다. '이제 대학생이니 곧 알아서 앞가림하겠지.' 대학생 아들에게는 엄마가 한걸음 물러서 있었다. 생활태도가 바뀔 기미조차 보이지 않았다. 슬며시 걱정이 되는지 대학생 아이를 가진 다른 엄마에게 그 집 아이도 그런지 알아보는 것 같았다. 어떤 때는 "대학생이면 다들 그렇대, 일 년만 지나면 괜찮아진대."라고 하다가 또 다른 날은 걱정이 적지 않았다. 누구네 집 아이들은 그렇지 않대, 술은 입에도 안 댄다더라. 얼굴에 근심이 가득하였다.

그뿐만이 아니다. 이번에 고등학교에 진학한 아이도 예전 같지 않았다. 어찌나 잘 뿌루퉁 해지는지 말을 꺼내기가 겁이 난다고 했다. 공부 얘기를 하면 질겁한다. 고등학생이 되면 대학에 갈 준비를 해야 한다. 준비는 빠를수록 좋다. 3학년이 되어서 준비하면 이미 늦다. 전에는 이런 말을 그냥 묵묵히 듣기만 하였다. 이제는 아니다. 공부 이야기만 하면, "알았어요."라며 내뱉는 말에 찬바람이 느껴진다. 엄마도 딸의 눈치를 흘긋 보면서 더는 말을 붙이지 않는다. 친구집에 놀러 간다고 한다. 너무 오래 있지 말라는 대수롭잖은 말에도 "엄마는 딸을 그렇게 못 믿느냐."라며 톡 쏜다.

집에 오니 딸은 훌쩍거리며 울고 있고 집사람은 화가 잔뜩 나서 "내 말이 어디가 틀렸어."라며 소리를 질렀다. 다투는 원인이 맹랑하기 짝이 없었다. 요사이는 한창 대학 입시철이라서 TV에서 금년도 대학 본고사의 출제 경향을 분석하고 있었다. 책을 많이 읽어야 입시에 유리하다는 것이 전문가의 분석이었다. 엄마는 그 말을 딸에게 하였다. 시시껄렁한 잡지 나부랭이 같은 책을 보지 말고 명작 단편을 읽으라고 주문하였다. 아이는 방학 중인데도 엄마는 별것 다 간섭한다며 샐쭉해졌다. 엄마는 그것이 어머니의 지도이지 어떻게 간섭이냐며 화를 버럭 냈다.

아이는 눈물을 쪼르륵 흘리면서 제 방에 들어가서 문을 잠가 버렸다. 방안은 쥐 죽은 듯이 조용하다. 토라진 아이가 너무 조용하니까 걱정이 되는지 방문 앞에 붙어 서서 문을 두드린다. 아이의 이름을 부르면서 문을 열라고 한다. 그래도 아무런 반응이 없으니까 버르장머리 없이 이게 무슨 짓거리냐며 나무란다. 그래도 조용하기만 하니까 문만이라도 열어보라고 달래기도 한다.

아내도 화가 났다. 마침내는 화살을 내게로 돌렸다. 이 집에 시집와서 몸이 다 망가지도록 빨래하고 밥하고 아이들 키웠는데, 이제는 자식들이 어미의 말도 듣지 않는다며 넋두리다. 나는 이 집에서 어떤 존재냐며 신세 한탄을 하기도 한다. 그럴 때는 난처하다. 우리 집 안주인이라고 설레발을 쳐보지만 먹혀들지 않는다. 요즘에 와서 나를 향한 넋두리가 무척 많아졌다. 내게 시집와서 아까운 세월을 덧없이 흘려보냈다는 투다. 흘러가 버린 세월이 내 탓이라는 원망이다. 하기야 내일이면 오십인 여자의 나이이니까 흔히들 말하는 외롭고 우울해지는 나이이기는 하다.

아내를 위로해 주어야 하고, 제 엄마를 섭섭하게 하는 딸의 행동도 변명해 주어야 하는 것이 나의 의무이다. 당신은 신경이 너무 과민해서 그런다며 슬슬 구슬린다. 딸애의 나이가 얼마냐, 당신도 그 나이에는 엄마에게 대들지 않았느냐며 달랜다. 그랬는데도 좀처럼 화해의 기미는 보이지 않는다.

아내는 요즘 와서 신세타령을 무척 많이 한다. 건강이 예전 같지 않다는 말을 자주 한다. 시장을 다녀오면 피로해서 축 늘어진다며 마치 인생을 다 살았다는 듯이 말한다. 설거지를 하고 나서 혼자 있으면 아무런 의욕도 생기지 않아서 빈둥빈둥 시간만 보낸다고 하였다.

아내가 기분이 누그러져 있을 때 슬며시 귀띔을 하였다. 여자 나이가 오십이 가까우면 몸도 마음도 변화가 온대. 인생의 가을이라고 하더라. 딸이 지금 봄을 맞이하느라 봄바람이 불고 있다면 당신은 지금 가을바람이 불고 있는 거야. 낙엽이 지는 바람은 쓸쓸하고 우울해지는 바람이지. 아내는 가을바람이 재미가 있다면서 깔깔거리고 웃었다.

대학에 들어간 큰 아이는 성인으로 새롭게 태어나려고 거친 바람을 일으킨다. 이 바람은 무슨 바람이라고 불러야 할까. 책상 서랍에는 "가열차게 투쟁하자."라는 운동권 대학생의 선동문이 들어 있었다. 집사람은 그걸 보고 기겁을 하였다. 아버지 세대의 아픈 곳을 건드리면서 세찬 바람을 일으킨다. 내가 훈계를 해도 "그건 그렇지 않다."라며 자기주장을

내세우기도 한다. 그래도 풍랑으로 느껴지기보다는 대견하다
는 생각이 든다.

이제는 아내도 자신을 가을바람이라고 말한다. 딸아이와 부
딪힐 때도 봄바람과 가을바람이 마주치면 찬 가을바람이 더
매서워서 봄바람을 이긴다고 엄포를 놓으면서 풍랑을 더 높
인다. 그래도 나는 바람과 바람의 싸움을 두려워하지 않는다.
엄마와 딸은 언제 싸웠느냐는 듯이 금방 깔깔거리니 말이다.

사실은 나도 며칠 전부터 돋보기를 끼고 신문을 보면서 계
절이 바뀌느라 가슴에 일고 있는 찬바람을 느낀다. 나마저 풍
랑을 일으킨다면 우리 집은 또 얼마나 흔들릴까 싶어 조용조
용히 바람을 죽이고 있다.

〈1995〉

꿈이 지워진 자리에

아침에 부스스한 얼굴로 들어서는 큰아이가 지난밤에 응급실 근무를 하다가 멱살잡이를 당했다고 하였다. 나를 힐끗 쳐다보더니 씩 웃었다.

"그래 좀 친절하게 대해주지. 오죽했으면 멱살까지 잡았겠어."라고 하였더니, "그 자식들은 동네 깡패래요. 당직의를 불렀지만 병실 환자 때문에 빨리 내려올 수 없다는데, 내 참, 우린들 어쩌겠어요." 하였다. 실습 중인 학생이므로 환자와 당직의 사이에서 이러지도 저러지도 못했다는 자기의 처지를 변명 삼아 말하였다. "당직 의사도 일이 바빠서 그러는 건데, 조금만 참아주면 될 일을…." 자기는 못내 억울하다는 투였다. 말투로 보아서 그는 환자의 편이 아니었고 의사의 편이었다. 나는 그를 물끄러미 바라보면서 미소를 지었다.

고3때는 매일이다시피 자정이 넘어서 축 처진 어깨로 집에 들어서는 모습이 안쓰러웠다. 올 한 해만 고생하고 대학생이 되면 네 맘껏 놀 수 있다고 다독거려 주었다. 고생을 해보아야 뒤따라오는 즐거움이 더 달게 느껴진다고, 닳아빠진 경구를 써 먹고 또 써 먹으면서 아이를 달랬다.

대학생이 되고 나자 내가 꼬임으로 한 말을 한 마디도 잊어버리지 않았다. 그대로 실천하였다. 이제는 공부 때문이 아니고 친구들과 어울려 다니느라 매일이다시피 자정이 지나서야 집에 들어왔다. 한번은 늦게 들어온 날에 좀 절제 있는 생활을 하였으면 좋겠다며 꾸중을 하였다. 아버지 말이면 순순히 따르리라고 생각하였다. 아이는 자기도 아버지에게 할 말이 있다고 했다. 이제는 성인이 되었으니까 부모의 보호에서 벗어나서 자립하여 살아보고 싶다며, 자취방을 얻어 달라는 것이었다.

어이가 없었다. "이 녀석아, 자립이란 부모의 그늘에서 완전히 벗어나서 먹고 자는 것이 아니냐. 방을 얻어 달라 하고, 학비까지 받아가면서 자립이라니, 잠꼬대 같은 소리 작작하라"고 호통을 쳤다. 제 엄마가 내 고함에 놀라서 뛰어오는 바람에 더 이상의 얘기를 주고받지 못하였다. 아이와 나 사이에 보이지 않는 막이 가로막고 있는 기분이었다.

눈치를 보니 학교생활도 공부보다는 환경운동이니 뭐니 하면서 엉뚱한 짓을 하는데 더 많은 시간을 보냈다. 책장에는 그람시의 책도 꽂혀 있었다. 이영희의 산문집도 있었다. 《닥터 베쑨》도 보였다. 베쑨은 캐나다 출신의 여의사로서 중국에 건너와 모택동과 행동을 같이한 사람이다. 물론 가난한 사람에게 베푼 의사로서의 봉사정신은 높이 사고도 남는다. 그가 활동한 시대의 배경과 대학에서 운동권이니 하고 휘몰아치던 시대풍조가 맞물려서 나의 심기는 몹시 불편하였다.

더구나 학교에서 우송되어 온 성적표를 보는 순간에는 참담한 기분이 되었다. 밑바닥에서 비틀거리는 성적표의 숫자들은 믿어지지 않았다. 의과대학은 밤잠을 설쳐가면서 공부를 해도 따라가기가 힘이 든다. 제 엄마는 안달이 나서 어쩔 줄 몰라 하였다. 아직은 시간이 여유 있으니 좀 더 기다려 보자면서 집사람을 위로하는 것도 나의 몫이 되었다.

하루는 우리나라 의사는 돈만 너무 밝힌다면서 불평을 털어놓는다. 친구의 아버지가 대학병원에 어렵게 왔는데, 돈이 없어 3등실에 입원하였다. 의사가 아침에 한 번 들여다보고는 종일 코빼기도 보이지 않는다. 친구가 그러는데 특등실은 의사가 하루에도 몇 번이나 찾아간다더라고 하였다. 그러면서 하는 말이 "의사가 돈을 벌어도 됩니까?" 하면서 나를 쳐다 보았다. 자기는 봉사하는 의사가 되겠다는 말을 덧붙였다.

아비로서 이 아이에게 무엇이라고 답해 주어야 할지 얼른 떠오르는 말이 없었다. "야, 이놈아 찬물 마시고 정신 차려라."라며 현실이 어떻고 해본들 먹혀들 리 없다. '색안경을 끼고 보면 세상은 모두가 안경의 색깔로 보일 뿐이다.'라고 말하면 믿어 줄까? "봉사하는 의사가 되든, 돈만 아는 의사가 되든 그건 네가 정할 일이지만 우선은 공부를 해야지. 실력도 없는 엉터리 의사가 되면 봉사는 어떻게 해."라고 말해 주었다. 그제야 머리를 긁적긁적하였다.

그날 나는 참 많은 생각을 하였다. 내가 그 녀석의 눈에 돈만 아는 의사로 비쳤을까? 나 자신을 뒤돌아보았다. 가난 때문에 학교를 어렵게 다니기는 하였어도 반드시 돈을 벌어야겠다는 생각은 하지 않았다. 단칸 셋방에서 보낸 신혼 생활도 떠올랐다. 개원하고 환자가 치료비가 얼마냐고 하였을 때, 쑥스러웠던 기분도 생각났다. 지금도 나는 환자와 치료비 얘기를 하는 것이 제일 어쭙잖다.

은사님이 대학에 들어 올 생각이 없느냐고 하였을 때 돈 때문에 교수가 되고 싶은 어릴 때의 꿈을 접었다. 돈을 벌어 개원하기로 마음을 먹었으나 더 많은 돈을 벌기 위해 아등바등하지는 않았다. 그래도 돈만 아는 의사의 범주에 들어가는 것일까?

어쨌거나 이 아이가 벌써 내일 모레면 졸업하고 올챙이 의사가 된다. 대견하기 짝이 없다. 그것보다도 한 해, 한 해가 지날수록 말하는 투가 현실에 적응해 가는 것 같다. 요즘에 와서는 무슨 과를 선택해야 밥 먹기가 수월하다는 말도 한다. 그럴 때마다 의사가 돈을 벌어도 되냐며 대들던 지난날이 자꾸 생각난다.

요즘은 내가 타이른다. 의사는 돈을 벌지 못하더라도 보람 있는 직업이라고 말한다. 멱살잡이를 당한 것이 억울하다는 듯이 투덜거릴 때도 나는 또 타일렀다. "임마야, 의사는 친절 해야 되는 거야. 환자를 볼 때 병이 머무는 물건으로 보지 말 고 병을 앓고 있는 사람으로 보아야 하는 거야."라고 말해 준 다. 아내는 이 녀석이 이제야 철이 들었다면서 싫어하지 않는 눈치이다.

내 아이도 자기의 가족을 거느리고 건사해야 할 때면 또 어 떻게 바뀌어 갈까? 철이 든다는 뜻이 온갖 꿈을 지워버리는 것 같아 못내 가슴이 무겁다. 그래도 젊었을 때의 아름다운 꿈만은 갖고 살았으면 좋겠다.

〈1999〉

아내가 없는 날

아침에 수영을 하고 오면 아이들은 모두 학교에 가고 없다. 도시락이 다섯 개니, 여섯 개니 하면서 동당거린 아내는 피곤하다며 누워있다. 내가 출근할 때까지 쉬는 참이다.

언제부터인지 아내의 관심은 아이들에게 쏠려 있다. 불만이지만 투정하기에는 내 나이가 어울리지 않는다. 가장이더라도 사관학교 생도처럼 나를 따르라는 권위주의가 먹혀들리 없다. 나도 그냥 심드렁해하면서도 부부란 세월이 흐르고 나면 다들 그러려니, 하면서 살고 있다.

아내는 한 달에 두어 번씩 서울에 서예 공부를 하러 간다. 그날 아침은 바빠하는 것이 콩 볶 듯하다. 김밥을 말아두었으니까 미안하지만 저녁 한 끼를 때우라고 한다. 말은 미안하다지만, 거울 앞에서 분첩으로 얼굴을 토닥거리느라 정신이 없다. 정말 미안한지 모를 일이다. 버스 정류장까지 태워주는 차 안에서도 무슨 극성이라서 서울까지 공부를 하러 다니는지 모르겠다고 짜증이다. 사실은 내게 미안해서 하는 말인 줄 안다.

아내가 서울을 다녀오는 날이면 으레 늦다. 퇴근 시간에 맞추어 집에 가면 휑 하니 비어 있어 퇴근길의 발길이 가볍지가 않다. 학원에 다니는 아이들은 아직 집에 오지 않는다. 큰아이는 대학생인데도 무슨 할 일이 그리 많은지 매일 나보다 늦다. 아내가 공부하러 가는 날이면 나도 얼쩡거리다가 늦게 들어가고 싶다. 누구라도 전화해서 저녁을 같이 하자고 해주기를 바란다. 그러나 전화가 오는 날은 거의 없다.

오늘은 출근길의 벚꽃이 유난히도 화사하게 피어 있다. 봄날의 푸근함이 내 마음을 어딘가로 둥둥 떠가게 한다. 아내가 있는 날이라도 집에 들어가면 얼굴은 내밀지도 않고 "당신 왔어요."라는 말소리만 들린다. 별다른 감흥도 일으키지 않는 아내의 덤덤한 목소리이다. 오늘은 아내의 그 목소리도 없으리라 생각하니 일찍 집에 들어가고 싶지 않다. 직장생활을 한다면 이런 날은 동료를 붙잡고 시간이라도 보낼 텐데, 개원 생활이라 그것도 어렵다.

언젠가는 아내더러 "결혼 전에 성당 못 주변에 있던 곱창집을 자주 갔잖아. 곱창전골에 소주라도 한잔하고 싶다."라고 했더니 피식 웃었다. "아이구, 그 질긴 곱창을 지금 먹으면 맛이 있을 줄 아세요." 하였다. 모처럼 옛 기분에 젖어 있었는데 그 말을 들으니 입맛이 가서버렸다. 오늘은 그 곱창도 생각났다.

고등학교에 다닐 때는 문예반 친구들이 짜장면집에 앉아서 문학입네, 미술입네 하면서 의미도 모르고 떠들었다. 그런 자리도 그립다. 어디서 술이나 한잔 하면서 삶에 찌든 시간을 잠시나마 벗어나서 헛소리 같더라도 나누고 싶다.

에라, 오늘은 내가 전화를 해야겠다. 이리저리 친구들의 얼굴을 떠올려 보았다. 시간이 있을 듯한 친구부터 전화하기로 했다. 그렇더라도 막상 전화하려니 주저가 되었다. 우선 은행에 있는 친구에게 전화했다. 저녁이나 같이 하자는 내 제안에 오늘은 다른 약속이 있어서 어렵다며 다른 날로 미루자고 하였다. 그러자면서 수화기를 놓았지만 약간은 섭섭하였다.

또 전화를 할 곳을 찾아보았다. 이 선생은? 글쎄, 이유도 없이 불쑥 전화를 걸 만큼 가깝게 느껴지지 않았다. 또 고등학교 때의 친구에게 전화를 하였다. 요번 주일은 부활주일이라서 일찍 집에 들어가야 한다나. 나중에 시간을 내자고 하였다. 그러자면서 수화기를 놓을 때는 어깨에 힘이 빠졌다.

먼 먼 옛날이 생각났다. 시골에서 보냈던 유년이 생각났다. 그때도 심심하기 이를 데 없으면 친구 집을 찾아갔다. 사립문에 붙어 서서 친구의 이름을 부른다. 그러면 친구는 밥 먹던 일도 젖혀두고 달려 나온다. 지금이 그런 세월일 수는 없다. 짬도 나지 않는 생활에 묻혀 자기의 삶을 꾸려나가는 모습이다. 허해하는 친구의 마음일랑 아랑곳없이 바쁘기만 한 것이 오늘의 친구이다.

이제는 풀이 죽어 어디에 전화를 해 볼 마음도 나지 않는다. 오늘은 집이 텅 비어 있을 텐데, 아내가 준비해 둔 김밥으로 저녁을 때울까. 아니면 저번처럼 아이가 올 때까지 기다려서 김치볶음밥을 만들어 아버지의 요리 솜씨를 자랑이나 할까. 아니, 아이들에게 라면을 끓여 오라고 하여 뜨끈한 국물을 후룩후룩 마셔 볼까. 퇴근길 골목에서 눈에 뜨이는 곱창집도 생각난다. 혼자라도 들러서 저녁을 먹으며 소주 한 잔이라도 하고 갈까. 혼자서 식당에 가다니 무슨 청승인가 싶어 얼른 생각을 지워버렸다.

'따르릉' 전화 벨 소리이다. 얼른 전화를 받았다. 친한 친구였다. 반가워서 오늘 저녁에 시간이 있냐며 뜬금없이 물어보았다. 있기는 한데 저녁 식사 약속이 있어서 9시 이후라면 낼 수 있단다. 그러면서 안 하던 짓이냐며 의아해한다. 그러냐며, 나도 시무룩하게 말했다. 그 친구는 다음 모임에 절대 빠지지 말라면서 자기가 할 말만 다짐하고 전화를 끊었다.

시계를 보니 시침은 이미 퇴근 시간을 가리킨다. 집에 들어가기로 마음을 정했다. 집에 가면 텅 비어 있을 것이다. 텔레비전이나 켜놓고 아내가 돌아오기만을 무료히 기다려야겠다.

우리가 모두 잊고 있지만 나의 허한 마음을 채워주는 것은 아
내뿐이라는 것을 다시 한 번 깨달으면서 기다려야겠다.

〈1995〉

어머니, 아내, 딸 그리고 외손녀

아내는 전시회를 하면서 무척 들떠 있었다. 자신을 항상 무명작가라고 자조하듯이 말하곤 하였다. 이번에 서예 전문지에서 개최한 '중진 여류 작가 5인 초대전'에 초대받아 기분이 한층 고조되어 있었다. 아침에 전시장으로 나가면서 딸더러 몇 번이나 부탁하는 말을 곁에서 들었다.

"오늘 1시에 KBS 라디오에서 엄마와 인터뷰하는 것을 생방송으로 한 10분쯤 내보낸다니 꼭 녹음을 해두어라."

딸애는 겨우 보름밖에 안 된 아기에게 젖을 물리면서 건성으로 답을 했다. 딸의 성의 없는 대답은 나에게 일말의 불안을 안겨주었다. 딸은 그저께 출산한 후에 몸조리하러 친정에 내려왔다. 하필이면 전시회 중이라서 아내는 딸의 옆에서 보살펴주지 못함을 미안해하였다. 지난밤도 미역국을 끓이고, 반찬을 장만하느라 밤늦게까지 부엌에서 덜거덕 소리를 내었다.

오후에 외출하고 돌아와서 거실에 들어서면서 녹음을 해두었느냐고 물어보았다. 딸아이는 나를 힐끗 쳐다보면서 아가가 너무 심하게 우는 바람에 그만 깜박 시간을 놓쳐버렸다고 하였다. 그 말을 듣는 순간에 형언할 수 없는 화가 불끈 치밀어 올랐다. 차라리 슬픔 같은 것이었다. 버럭 고함을 질렀다.

"엄마에게 그렇게 무관심할 수가 있어. 엄마가 이 전시회에 얼마만큼이나 정성을 쏟고 있는 줄이나 알아? 평생에 겨우 몇 번밖에 하지 않는 전시회인데 너는 눈곱만큼도 관심을 두고 있지 않구나. 그래도 모녀간인데 너무 무심하구나."

내가 지르는 고함이 내게 반향을 일으켜 나는 감정의 수렁 속으로 깊이 빠져 들어갔다. 고개를 푹 숙이고 있는 딸아이를 본체만체하고 내 방으로 들어가서 이불을 뒤집어쓰고 누워버렸다.

시간이 흐르면서 흥분도 조금씩 가라앉아 갔다. 온갖 생각이 뒤죽박죽으로 뒤엉켜서 머릿속이 하애졌다. 흘려보낸 시간의 갈피를 한 장씩 한 장씩 넘겨보았지만 딸에게 거칠게 화를 낸 이유가 선뜻 와 닿지 않았다.

나는 아들보다 딸을 더 좋아하였다. 꾸중하는 몫은 아내 것이었고 나는 언제나 감싸주었다. 용돈을 엄마에게 받으므로 아들들은 나에게 손을 내밀 꿈도 꾸지 않았다. 그러나 딸애는 두 손을 모아서 손바닥을 활짝 펼치고는 애교를 부리느라 몸을 비틀면서 "아빠 용돈!" 하고 말을 한다. 그럴 적마다 거절한 일이 없었다. 첫아이를 낳고 몸조리를 하러 친정에 와 있는 아이에게 나는 왜 집이 들썩거리도록 화를 냈을까?

실타래처럼 뒤엉켜 있던 생각들 속에서 불현듯이 어머니의 얼굴이 스쳤다. 내가 객지생활을 하면서 고달플 적마다 떠오르던 얼굴이었다. 요즘도 마음이 울적하면 어머니 산소를 찾아가곤 한다. 되짚어보면 막내인 나까지 타관 땅으로 떠나버린 시골집을 어머니 혼자서 오래도록 지키고 있었다. 그때의 늦은 가을쯤에 시골집에 들렀다. 대문을 밀치고 마당으로 들어섰을 때 느껴오던 황량함이 지금도 나를 아프게 한다. 너른 마당에는 떨어진 나뭇잎들이 바람 따라 이리저리 굴러다녔다. 마당에 사람이 들어선 기척에 안채의 방문이 스르르 열렸다.

성경책을 든 어머니가 돋보기 너머로 바라보던 모습이 적막했던 시골집과 겹쳐지면서 왜 그렇게도 쓸쓸해 보였던지! 저녁에 정적이 감도는 시골집에 어머니 혼자 두고 떠나올 때의 미안하고 죄스러웠던 일이 여태껏 나를 아프게 하고 있다.

오래 뒤에 장인어른이 돌아가시고 쓸쓸해하시는 장모님을 위로할 겸 해외여행을 다녀온 일이 있었다. 이미 오래전에 돌아가신 어머니가 생각났다. 그때는 해외여행은 꿈도 꾸지 못할 시절이었잖아…, 너무 연로하셨어…, 차멀미를 심하게 하여서 먼 여행은 생각도 할 수 없었지…, 라며 온갖 핑곗거리를 찾곤 하였다. 그때나 지금이나 나는 여전히 어머니에게 회한의 마음을 지우지 못한다. 마음이 차차 가라앉으면서 내 생각 속에 딸아이는 흐릿하게 자취를 감추고, 어머니만이 더더욱 또렷해진다.

"나도 부모께 잘 해드리지 못하였으면서 딸만 호되게 나무라다니!"

문득 나를 꾸짖는 목소리가 들려왔다.

"그래 딸애를 나무란 것이 아니고 나 자신을 채찍질하고 있는 거야. 딸을 통해서 어머니에게 갖고 있던 죄의식을 뼈저리게 확인한 거야. 딸을 통해서 부끄러웠던 나의 모습을 바라본 거야."

이때 아내가 돌아왔다. 나는 방문을 열고 나가면서 "오늘 당신이 부탁한 녹음을 못 했더라. 그래서 내가 아주 심하게 꾸중을 하였어."라고 하였다.

"그래 전화로 말 하더라. 나도 몸조리하러 온 아이를 잘 돌봐주지 못하여서 미안한데 뭐, 괜찮아 시간을 놓칠 수도 있지 뭐, 라고 하였어. 그런데 전화를 끊고 나니 가슴이 휑하니 비잖아. 왜 눈물이 나려고 하는지…."

어머니도 그랬을 것이다. 무심한 아들에게 속으로 눈물을 흘렸을 것이다. 나는 딸의 방에 들어가서 나직이 말하였다.

"그래도 딸인데, 엄마가 돌아서서 울도록 하여서는 안 되잖아."

내가 내게 한 말이었을 것이다. 아무 말 없이 듣고 있던 딸은 주르르 눈물을 흘렸다. 갓난아이가 버둥거리면서 울음을 터트리자 눈물로 범벅이 된 얼굴로 아기를 내려다보면서 가슴에 꼭 껴안아 주고 있었다.

그 딸이 오늘 아침에 제 남편을 따라서 서울의 자기 집으로 돌아갔다. 사위와 둘이서 작별인사를 하고 돌아서는 딸애의 뒤 모습을 한참이나 멍하니 바라보았다. 방으로 들어와서 전시회 때문에 서울에 머물고 있는 아내에게 전화를 하였다.

"은지가 그만 가버렸어."

"당신 목소리가 왜 그래? 울어?"

"울긴…."

나는 얼른 전화를 끊어버렸다.

〈2007〉

귀신이 나오는 방

아내가 내 방에 들어올 때 곧잘 하는 말이 '귀신이 나오겠다.'이다. 방바닥에는 펼쳐진 책들이 여기저기에 널려 있다. 방에 들어오려면 디딜 틈을 만들려 발로 책을 옆으로 밀쳐내기도 한다.

나는 글을 쓰거나 필요한 자료를 찾을 때는 서가에서 책을 꺼내어 펼친 채로 둔다. 글쓰기가 끝나지 않으면 펼쳐 둔 책을 다시 서가에 꽂을 수가 없으므로 방바닥에 그냥 깔아둔다. 여러 권이 될 때는 서로 겹쳐져서 틈새조차 생기지 않는다. 자료가 모자라서 글을 완성하지 못하면 펼쳐 둔 책은 여러 달 동안이나 내버려져서 주인이 글을 끝내기만을 기다린다.

퇴근하고 집에 오면 방바닥에 흩어져 있는 책들은 모두 서가에 가지런히 꽂혀있고, 방도 깨끗하게 청소되어 있기도 하였다. 그럴 적마다 고마워하기는커녕 '왜 나에게 허락을 구하지도 않고 함부로 책을 치워버렸느냐'며 신경질을 부린다. 아내는 그런 나의 태도를 도저히 이해하지 못하겠다면서 뾰로통해진다. 방청소를 하고 나니 기분이 날아갈 듯이 좋아지지 않느냐는 아내와 부부싸움을 한 일도 한두 번이 아니다.

나의 서가에 꽂힌 책은 가지런하기보다는 조금 무질서해 보인다. 그렇지만 나는 필요한 경우에는 거의 실수 없이 원하는 책을 찾아낸다. 예전에는 페이지까지도 정확하게 펼쳤지만, 요즘은 그러지를 못하여 실망이 크다. 방바닥에 무질서하게 널려 있더라도 나는 전혀 혼란스럽게 느끼지 않는다. 조금도 주저 없이 원하는 책을 찾아낸다. 그러나 아내의 말마따나 기분이 산뜻해지도록 가지런하게 꽂아 놓으면 책을 빨리 찾지 못한다. 아내는 정리정돈이라고 억지를 부리지만 나에게 반사적으로 굳어져 있는 질서 감각은 오히려 둔해진다. 이 방 저 방에 흩어져 있는 서가를 오랫동안 돌아다니다 보면 짜증이 난다. 책을 찾는 시간이 점차 길어지다 보면 심기가 불편해지고, 마침내는 감정이 터져버린다. "왜 내 허락도 없이 책에 손을 대느냐."라고 버럭 고함을 지른다. 그러면 아내는 아내대로 화가 나서 "감사해도 모자랄 판에 고함이냐."라고 하면서 대든다.

아내의 변은 이렇다. 방이 지저분하면 집에 오는 손님이 당신을 게으르다고 나무라는 것이 아니고, 가정주부가 욕을 먹기 때문에 그냥 내버려 둘 수 없다는 것이다. 그렇게 다투기를 오랫동안 하였다. 아내의 어투에는 게으름을 감추려고 내가 말도 안 되는 이유를 댄다는 불신이 깔려있음을 느낄 수 있다. 나는 나대로 나와 가장 가까운 사람이면서도 나를 이해하지 못한대서야 말이 되느냐는 심사였다.

중년을 넘어서자 내 방에 대한 아내의 관심이 많이 줄어들었다. 나에 대한 신뢰감이 새롭게 생겨났는지, 아니면 아내도 나를 닮아서 '깔끔'을 떨던 성격이 무디어졌는지는 모를 일이다. 나이가 들수록 내 방을 찾아오는 일도 뜸해졌다. 그래도 방문 앞에 서서 '귀신 나오겠다'는 말은 여전하다. 손님이 들르더라도 아내 말처럼 내 방을 기웃거리는 사람도 없다. 신접살림에 가지는 호기심 따위는 이제는 없어진 모양이다.

생업에서 물러난 후로는 집에서 머무는 시간이 더 많아졌다. 그만큼 내 방에서 보내는 시간이 길어졌고, 방바닥은 팔자 좋게 팔다리를 활짝 벌린 채 누워있는 책 때문에 더 어수선하다. 그뿐 아니라 최근에는 컴퓨터도 놓여 있고, 음향기기도 놓여 있다. 그림을 스캔하는 기계도 들여 놓았다. 서가에 꽂힌 책도 훨씬 더 불어났다. 책을 정리하면서 자주 찾지 않는 책은 다른 방에 있는 서가로 옮겼다. 그런 만큼 책을 찾으려 이 방 저 방을 더 자주 돌아다닌다.

아내는 이제 책에 대하여 아예 입을 열지 않는다. 방에 나오는 귀신에 관해서 관심이 많이 멀어진 것 같다. 지금은 내가 방을 들어서면서 정말 귀신이 나올 것 같다는 생각을 한다. 컴퓨터 작업이라도 하는 날이면 영상이 요란하게 바뀌고, 금속성 기계음도 소리를 내질러 정신이 혼란스럽다. 그래도 나는 방을 정리하지 못한다. 이미 내 몸에 배 있는 감각은 혼란 속에서도 거의 반사적으로 질서를 찾아가게끔 숙련되어 있기 때문이다. 혼란이 내게는 오히려 질서가 되었다.

살아온 날들을 되돌아보면 남들의 눈에 나의 모습은 얼마나 불안정하고, 무질서하게 보였을까. 나 또한 남의 삶을 보면서 세상을 비틀거리듯이 걸어가는 듯하여 얼마나 못마땅해 하였을까. 그렇더라도 비틀거림이 그들에게는 삶의 질서이었으리라.

이제는 아내도 내 방에서 귀신이 나오는지 관심이 없다. 그러나 내 방을 들여다볼 때의 표정에서 나의 삶의 태도에 공감하는 것은 아님을 안다. 세상을 살면서 남편이라도 억지로 자신의 방식으로 강요할 수 없음을 알고 체념하였다고 할까. 사람은 자기가 사는 방식을 바꾸지 않는다. 그렇다면 눈감아 주는 방법밖에 없다는 것을 깨달았다고 해두자. 마찬가지로 나 또한 남이 사는 모습이 못마땅하더라도 모른 척하고 살아간다.

어쨌거나 우리 부부는 노후를 보내면서 예전보다는 부부싸움도 훨씬 뜸해졌다.

〈2008〉

내가 행복한 시간

초등학교에 다닐 적에는 방학이면 으레 일기쓰기가 숙제이었다. 며칠간은 일기장을 꼬박꼬박 메워나갔지만, 일주일도 넘기지 못하고 게으름을 피웠다. 하루의 일과가 어제나 오늘이나 다를 게 없다 보니 마땅하게 쓸 거리도 없었다. 같은 일을 반복하여 쓰는 일은 어린 생각에도 잘못 쓰는 일기라는 생각이었다.

매일의 생활이 쳇바퀴 돌듯이 하면 지루하다고 말한다. 그런데도 방학은 쏜살같이 빠르게 지나갔다. 개학날이 코앞에 다가와서야 숙제를 챙기느라 바빠 죽는 시늉을 하였다. 그 중에도 거의 한 달 가까이나 미뤄 둔 일기를 하루 저녁에 써내는 일이 제일 힘들었다. 일기에 쓸 수 있도록 기억에 저장된 일이 없다. 일기장 앞에 앉아서 온갖 기억들을 쥐어짜 보지만 한 달 동안이나 모아 둔 내 행적이 겨우 손가락을 꼽을 수 있을 정도뿐이라는 사실만 알게 된다. 모처럼 기차를 타고 누나의 집에 갔다 왔던 일이나, 마을 사람과 어울려서 해수욕을 갔던 일, 그리고 심부름을 하기 싫어서 뺑뺑이를 치다가 혼이 났던 일 등등, 기억으로 보관되어 있는 것은 겨우 몇 개에 지나지 않았다.

학교 다닐 때면 등하교의 길에서 보았던 일들을 기억 속에 챙겨두기도 하였지만, 집 주위만 맴돌아야 하는 방학이니까 그런 일도 없었다. 일기장은 내 삶을 있는 그대로 보여주는 것인데, 억지로 하루를 메우려고 하니 너무 힘이 들었다. 그런데도 나는 왜 그때를 그리워하고 있을까?

요즘의 내 생활도 방학 때처럼 단조롭기 그지없다. 만약에 일기를 적는다면 아침에 늦게 일어나서 아침을 먹었다는 것, 오늘도 빈둥거리면서 시간을 보내니 배가 고프지 않아서 점심을 걸렀다는 것일 게다. 그다음에는 무엇을 적어야 할까. 그렇지 인터넷을 열고 카페를 뒤적거리면서 돌아다니다가 댓글도 하나 남겼다고 쓸까. 그리고 책도 보았다고 쓰자. 솔직히 말해서 요즘은 예전만큼 책을 읽지 않는다. 안경을 쓰고 책을 보면 금방 눈이 피로해서 책을 덮어 버린다. 그러니까 예전처럼 책을 많이 읽는 것도 아니다. 만약에 지금도 숙제로 일기를 써 오라고 하면 일기장 앞에 앉아서 끙끙거릴 것이 뻔하다는 생각이다.

며칠 전에는 일기장을 메울 만큼 쓸 거리가 많은 하루이였지만 유쾌한 경험은 아니었다. 눈을 뜨면 아내는 건강보험공단에서 나온 건강검진 재촉서를 들고 병원에 다녀오라고 안달이다. 그럴 때마다 그렇게 하겠다고 약속을 하고, 그냥 하루를 흘려보내 버린다. 은근히 겁이 나서 차일피일 미루었다. 며칠째 아내의 말을 되풀이하여 듣다 보니 짜증이 나서 "또 그 소리냐."라며 퉁명스럽게 쏘아 붙인다. 아내는 눈 하나 깜짝 않고 여전히 잔소리를 하였다. 도저히 미룰 수가 없을 것 같았다.

　가슴을 찍은 사진을 보여 주면서, 의사 선생님은 "별다른 이상은 없습니다만, 그래도 이 부위가…, 정상이기는 하지만…. 이왕이면 CT(시티) 촬영을 해보시지요." 하였다. 가슴이 철렁하였다. 얼마 전에 큰아들의 바깥사돈 분이 폐암진단을 받았다. 몇 개월 전에 가슴 사진을 찍었을 때는 아무런 이상이 없다고 하였는데, 정밀 촬영에서는 많이 진행된 상태이더라는 말이 떠올라서 가슴이 철렁하였던 것이다. 정밀 촬영을 권할 정도라면 뭔가 내게 이상이 있는데도 나를 안심시키려 부드럽게 말한 것일까. 나도 사진을 유심히 보았지만 특별한 소견은 보이지 않았다. 그래도 기분이 어두웠다.

　솔직히 말하지만 CT를 찍은 사진의 결과가 나올 때까지는 불안한 마음으로 조마조마하였다. "괜찮네요. 그래도 확실히 하는 것이 좋지 않습니까." "그럼요." 나는 의사의 말을 듣자

날아갈 듯한 기분이 되었다. 까짓거 이런 결과라면 열 번이라
도 찍지 뭐, 하는 기분이었다.

오늘은 일기를 쓴다면 쓸 거리가 무척 많은 날이다. 아내의
잔소리부터 불안했던 마음을 짜증으로 감추려 하였던 속셈까
지. 그리고 CT 촬영을 하자는 말을 들었을 때의 암담했던 마
음과 머릿속을 빠르게 지나가는 숱한 연상들을 일기장에 적
는다면, 오늘은 쓸 거리가 없어서 고민하는 일은 없을 것이다.

그러고 보니 내가 살아오면서 오래도록 기억으로 저장하였
거나, 일기에 기록하여 보관하려는 것은 즐겁지 않는 일들이
훨씬 더 많다. 역사에 기록으로 담아 놓지 않은 시간은 인류
가 행복했던 시간입니다. 어느 역사학자가 한 말이 떠오른다.

일기에 적을 거리가 없어서 고민하였던 날은 내가 행복하
였던 날이다. 나의 요즘의 나날들처럼.

〈2008〉

그래도

꼭두새벽에 일어난 아내는 부엌에서 무엇을 하는지 무척 바쁘다. 지난밤에 큰아이가 전화를 했다. 내일 저녁은 친구를 불러서 집들이를 한다고 했다. 아내는 초정서실도 들릴 겸 겸사겸사하여 서울을 다녀오겠다고 하였다. 서울을 가려고 아침밥을 일찍 지으려나 보다고 생각했다.

눈을 비비고 나가니 부엌 바닥에는 김치며 고추장이며, 찧은 마늘을 가득 담은 유리병까지 널려 있다. 금년에는 제 여동생과 손바닥만 한 방이 두 개인 셋집을 얻어서 자취하기로 했다. 아내는 못 미더워서 며칠 전부터 걱정이었다. 그럴 적마다 "그 애들이 몇 살이냐? 예전 같으면 가정도 꾸렸을 나이야. 이제는 제 손으로 밥도 지어 먹으면서 살아보아야지."라며 나무랐다. 내 기분은 덤덤하기만 하였다. 낯선 곳에서 힘들지 않을까 하는 걱정보다는 이제는 부모를 떠나서 저네끼리 살아 보는 것도 좋은 경험이 되리라는 생각이다.

밑반찬이 담겨 있는 병들이 부엌 바닥에 어지럽게 널려 있는 것을 보니 갑자기 콧등이 찡해 왔다. 말없이 부엌에 들어가서 아내가 준비해 둔 반찬 그릇을 주섬주섬 모아 비닐 가방에 차곡차곡 챙겨 넣었다. 틈새가 생기지 않도록 테이프로 꼼꼼하게 밀봉하였다. 그 위에 다시 몇 겹으로 포장을 하였다. 아내는 내 행동이 눈설다는 듯이, "웬일이세요. 어쨌든 고맙네요."라고 했다.

내가 학교 다닐 때의 일요일 저녁이면 어머니가 챙겨주던 반찬 보따리를 들고 기차를 타러 갔다. 지금처럼 빈틈이 없도록 꼭 맞는 뚜껑 있는 병이 없었다. 고작 작은 항아리이거나 옹기그릇에 반찬을 담았다. 투박한 질그릇을 뚜껑으로 덮고 끈으로 동여맸다. 틈새가 없도록 종이를 겹겹으로 싸서 끈으로 여러 번이나 묶었지만, 틈새로 새어나는 고약한 냄새를 막지는 못하였다. 대구의 자취방에 닿을 때까지 새어나오는 반찬 냄새로 마음을 졸였다. "그렇게 겹겹이 묶지 않아도 된다."라는 아내의 잔소리이다. 테이프를 붙인 위에 또 테이프로 덧붙이는 내 마음을 알 리가 없을 게다.

딸이 대학에 갔을 때는 기숙사에 들어갔으므로 옷가지가 든 가방만 들고 집을 나갔다. 가까운 이웃에 나들이하는 기분이라서 섭섭하다는 생각이 들지 않았다. 지금에 와서 서운한 마음이 드는 것은 짐 보따리 때문이다. 반찬을 챙기는 아내가 어찌나 바빠하던지 "시장에 가면 반찬이 수두룩할 텐데, 무엇하러 짐을 만드느냐."라고 나무랐다. 내 말에 "그래도….'라고 하였다. 엄마의 정을 담고 싶다는 표현일 것이다.

아내의 계산으로는 서울까지 짐삯도 만만치 않을 테니 냉장고며 세탁기 등 무거운 짐은 서울서 마련하는 것이 더 싸게 먹힌다고 한 게 그저께이다. 아내는 계산할 때와 다르게 시장에 갈 때마다 이 핑계 저 핑계를 대면서 살림가재를 샀다. 마침내는 필요한 가재를 모두 마련하였다. 핑곗거리가 없을 때는 "그래도…."라는 말로 어물쩍 넘겼다.

살림 집기를 하나씩 하나씩 마련할 적마다 엄마의 마음이 묻어질 것이다. 아이들은 가재도구에 배 있는 엄마의 마음을 알기나 할까? 내가 그 옛날에 자취할 때 반찬 항아리에 묻어 있는 어머니의 마음을 여태껏 간직하고 있듯이 아마도 알고 있으리라.

내가 학교에 다닐 때는 지금처럼 시장에서 반찬을 사는 일은 꿈도 꾸지 않았다. 일요일에 집에 들를 적마다 어머니가 손수 일주간 먹을 반찬을 담아 주었다. 반찬은 시골 아줌마인 울 엄마의 툭박진 솜씨 그대로여서 맛깔스러운 것은 아니었다. 날씨가 더워지면 냉장고도 없이 두어야 하므로 상할까 봐 반찬을 아주 짜게 만들어 주었다. 친구들이 자취방에 들리면 내놓기가 부끄러웠다. 반찬 항아리에는 맛이 아닌 어머니의 마음이 수북이 담겨 있는 줄을 그때는 왜 몰랐을까? 며칠 만 지나면 집에서 갖고 온 반찬은 상해버리기 일쑤였다. 남는 것은 된장과 간장뿐이었다.

한번은 어머니가 올라오셨다. 자췻집에 들르면 제일 먼저 부엌부터 들어왔다. 부엌이라 해봐도 겨우 사과 궤짝을 놓고 부엌 흉내를 낼 정도였다. 어머니는 그곳을 깨끗이 청소하고 시골에서 장만해 온 반찬을 챙겨 넣어 주었다.

그날따라 사과 궤짝 안에는 텅 빈 반찬 그릇만 있었다. 하필이면 설거지를 하지 않아서 밥알이 붙어 있는 밥그릇도 있었다. 끓인 지 며칠이나 지났는지 곰팡이가 핀 된장찌개가 담겨 있는 냄비도 있었다. "이 녀석아, 설거지나 하고 다녀라."면서 수돗가에서 그릇들을 깨끗하게 씻어 주었다.

저녁 설거지가 끝이 나고 땅바닥에는 어스름이 깔리고 있는데도 어머니는 방으로 들어오지 않았다. 집 앞으로 흐르는 신천 둑으로 올라가 보았다. 이내가 깔리는 둑 위에 어머니는 우두커니 앉아 있었다. 내가 가까이 가도 알지 못한 채 흐르는 신천 냇물만 멍히 바라보고 있었다. 나는 미동도 않는 어머니의 모습을 보고 엄마라고 부를 수가 없었다. 강물을 물끄러미 바라보는 어머니의 얼굴에서 두 뺨에 묻어 있는 눈물을 보고는 어머니를 부를 수가 없었다. 눈물 속에는 자식에 대한 애련한 마음이 묻어 있을 것이다. 그때의 어머니 모습이 지워지지 않아서 나는 아내를 거들어 반찬을 겹겹이 포장하였다.

아내는 나더러 늘상 집안일에는 손끝 하나 까딱하지 않는다면서 불평이다. 그러나 오늘은 부엌 바닥에 퍼질러 앉아서 반찬 병을 챙겨 주었다. 그 반찬 병에다 아이에게 내 마음을 담고 싶어서였을까? 아니었다. 옛 그날의 어머니가 그리워서였을 것이다.

아내도 아이에게 엄마의 마음을 담고 싶어서 "그래도…." 라고 하였을 것이다.

〈2005〉

죽음에 이르는 병

전화벨 소리가 깊은 잠으로 닫혀 있는 고막을 두드리면서 꿈결 속의 바람 소리처럼 들렸다. 벨 소리는 길게 이어지면서 꽤 오랜 시간이 흘러간 듯하다.

부스스 눈을 떠보니 창은 아직 깊은 어둠 속에 묻혀 있다. "여보, 전화 왔어."라며 옆에 누운 아내를 흔들었다. 한참이나 뒤척이기만 하던 아내는 잠에 취한 목소리로 "그냥 내버려 둬, 엄마지 뭐."한다. 그리고는 이불깃을 얼굴 위로 끌어올린다. 지난밤에 늦게까지 막내를 기다리느라 잠을 설쳤을 테니 이해가 간다.

아직은 날이 밝으려면 한 식경은 더 기다려야 할 시간인데도 장모님은 전화를 한다. 예전에는 낮에도 전화를 거의 하지 않았다. 요즘에는 새벽 전화가 부쩍 잦아졌다. 처음에는 후다

닥 놀라서 전화를 받던 아내도 이즈음은 전화 받기를 미룬다. 받더라도 짜증을 내는 일이 많다. "자꾸 외롭다는 타령만 하면 어떻게 해, 그래서 아들네 집으로 옮기라고 하였잖아." 20분이고 30분이고 이어지는 넋두리에 지치면 버럭 화를 낸다. "무슨 전화를 그렇게 받아."라며 면박을 주어도 아내의 얼굴은 풀리지 않는다. 짜증스런 표정이더라도 장모님이 전화를 끊을 때까지 오래오래 말대꾸를 해준다.

전화가 끊어지면 그 자리에 한참이나 멍하니 앉아서 한숨을 쉰다. "할망구가 불쌍하다." 면서 더는 잠을 이루지 못한다. 전화기에다 곱지 않은 말을 쏟아내긴 했어도 가슴이 무너지도록 아파하는 아내를 보기 안쓰럽다. 여든을 바라보는 장모님이 고집을 부리면서 아들네 집으로 옮기기를 한사코 마다하였다. 아직 몸을 움직일 수 있고 밥도 끓여 먹을 수 있는데 왜 옮겨, 이게 더 편해, 하였다. 요즘 세상에는 다들 며느리 시집을 산다니까 혼자 사시는 게 더 편할 수도 있어, 라며 장모님의 편을 들어 주었다. 아내가 장모님을 다그칠 때도 장모의 뜻에 맡기라며 장모님의 편을 들어주었다.

아침에 신문을 보니까 대법원장까지 지내신 분이 한강에 뛰어들어 목숨을 끊었다는 기사가 있었다. 30년 전에 부인을 여의고 여든여섯인 지금까지 혼자서 살아왔다는 이야기도 실려 있었다. 묘한 뉘앙스를 남기려는 듯이 죽음으로 이끌고 간 것은 외로움이라고 하였다. '할아버지의 외로움.' 나는 신문의 행간을 열심히 읽었다. 아들의 말도 실려 있는 것으로 보아서 서울 바닥에 피붙이가 같이 살고 있었지만 혼자서 외롭게 큰 집을 지키고 있었는가 보다. 이 분도 새벽 일찍 아들네 집에 전화를 하였을까?

나는 또 엉뚱한 생각을 하여 보았지만 아마도 하지 않았을 듯하였다. 그분이 살아온 경력으로 보아서는 아들에게 얹혀서 살지 않으리라는 고집 같은 자존심이 있었으리라. 이것은 내가 꿈꾸고 있는 노후 생활이기도 하다. 누구에게도 추한 모습은 절대로 보이지 않고 품위 있게 늙음을 맞이하리라. 늙었다고 하여 자존심을 버리지 않고, 자식에게 의지하지 않고, 이성적인 사고를 하는 것, 이것이 내가 반드시 하리라 믿는 노후 생활이다.

신문을 읽으면서 마음이 흔들렸다. 대법원장이라는 그의 경력이 나의 자존심을 받혀주는 경력보다는 엄청나게 무게가 있다. 나의 경력을 하잘 것 없도록 해주었다. 나의 만용도 힘없이 허물어졌다.

이제는 새벽에 걸려오는 전화벨 소리만 들어도 장모님인 줄 안다. 처음에는 얼마나 급한 전화여서 이 꼭두새벽에 전화하실까 싶어 부리나케 전화를 받았다. 늑대가 나온다고 거짓말을 거듭 하던 아이처럼 장모님의 넋두리를 되풀이하여 듣다보니 이제는 새벽 전화가 잠을 깨워도 아내는 잠에 취하여 "내버려 둬, 또 엄마지 뭐."라고 한다. 죽음보다 더 두렵게 내리 누르는 외로움을 이기지 못하여 전화 번호판을 하나하나 눌러보지만 응답이 없어서 슬며시 전화기를 내려놓을 때는 어떤 심정일까?

얼마 전에 병원에 들른 장모님은 치매라는 진단을 받았다. 그 이후로 아내는 '엄마지 뭐'라는 말을 하기 시작하였다. 전에는 아무리 이른 새벽이라도 짜증을 내면서 엄마의 전화를 받았다. 엄마한테 마구 소리를 지르긴 했어도 전화를 꼬박꼬박 받았다. 치매라는 진단은 엄마의 전화를 받지 않는 데서 오는 죄책감을 벗어나게 하였나 보다. "그럼 그렇지, 맑은 정신으로서야 이렇게 꼭두새벽에 전화를 할 리가 없지. 횡설수설하는 전화를 받고 나서는 하루를 얼마나 피곤하게 보냈는데."라며 스스로를 위로하는 것 같았다.

어쩌다 내가 전화를 받으면 "이 서방이가?"라며 길게 이야기를 이어간다. 조금 전에 하였던 이야기를 되풀이한다. 나도 짜증이 나는 걸로 보아 아내를 무작정 나무랄 수도 없다. 점점 짙어가는 장모님의 외롭다는 넋두리, 그리고 엄마의 외로움을 덜어 드리지 못하는 죄책감 때문에 엄마는 맑은 정신이 아니라며 애써 핑계를 찾는 아내가 안타깝다. 엄마와 자식의 거리가 멀어져 가는 것 같다.

장모님은 오래지 않아서 치매 병원으로 옮겼다. 그리고 장인어른이 계신 곳으로 가셨다. 거기는 외로움이 없는 세상이었으면 좋겠다. 〈2004〉

제2부

그리운 날들

어머니의 눈물

벌써 여름방학인가 보다. 울긋불긋한 차림을 하고 배불뚝이가 된 배낭을 멘 젊은이가 많이 보인다. 기차를 타고 통근을 하다 보니 대합실 풍경이 절기에 따라 다르다. 배낭을 멘 여행객으로 대합실이 소란해지는 것이 여름방학의 풍경이다.

즐거움에 들뜬 얼굴이다. 단체 여행을 가는가 보다. 수십명이 모여서 와글와글 떠들기도 한다. 몇몇이 둘러서서 무언가를 열심히 이야기를 나누는 젊은이도 있다. 모두 배낭을 메고 있다.

내가 대학을 다닐 때는 요즘 말로 캠핑이랄 수 있는 무전여행이 유행이었다. 그때는 군용 배낭과 담요 그리고 항구라고 불렀던 양철로 된 취사 그릇을 갖고 다녔다. 가죽 군화가 여행용 신발이었다. 군인들이 야전용으로 사용하던 용구들이 여행 장비였다.

버너 따위는 없었다. 노숙지에서는 돌을 모아 아궁이를 만들고 마른 나무를 주워서 불을 지펴 항구로 밥을 끓였다. 불을 지피느라 입으로 훅훅 바람을 불고 나면 이마에서 땀이 비오듯 하였다.

대학에서 첫 방학을 맞이한 우리도 친구의 자취방에 모였다. 이번 여름에는 무전여행을 신 나게 다녀오자고 약속을 하였다. 행선지는 설악산으로 하였다. 계획을 세울 동안은 마음이 들떠서 얼마나 즐거웠는지 모른다.

아무리 무전여행이라고 하더라도 여행장비를 마련하려면 목돈이 들었다. 그때 내 나름의 계산으로는 친구가 갖고 있던 장비를 빌리려 하였다. 그 친구는 자기도 여행 계획이 있다면서 한 마디로 거절하였다. 여간 난감한 것이 아니었다. 아무리 머리를 짜내어도 여행 장비를 마련할 방법이 떠오르지 않았다. 어머니 밖에 없었다.

시골집으로 내려가서 어머니를 붙잡고 여행을 보내달라고 졸랐다. 가만히 듣고 있던 어머니는 우리 집 형편에 네 학비를 감당하기도 힘에 부친다. 여행 따위는 돈 많은 집에서나 하는 일이라며 거절하였다. 어머니의 말이 아니더라도 농사를 지어 대학을 보내는 우리 집 형편을 너무 잘 알고 있었다. 형에게 물려받은 교복이 몸에 헐렁하더라도 군말 없이 입고 다녔다. 그러나 친우들과 설악산을 다녀오는 여행은 너무 가고 싶었다. 어머니를 막무가내로 조르면서 고집을 피웠다.

어머니는 아무리 졸라도 여행을 보내줄 수 없다고 하였다. 방문 너머로 멀리 산만 바라보았다. 마음이 울적할 때마다 언제나 그렇게 산을 바라보곤 하던 어머니였다. 그때 나는 어머니의 뺨을 타고 흐르던 눈물을 보았다. 나는 마음이 찡하여 내 방으로 물러나서 종일토록 꼼짝 않고 있었다.

연세가 많으신 할머니가 단양의 절에 다녀오시겠다면서 나더러 안내를 해 달라고 하였다. 나는 그렇게 하기로 마음을 정했다. 친우에게는 여행 장비를 마련할 수 없어서 설악산에 갈 수 없다는 말을 차마 할 수 없었다. 그래서 나이가 많으신 할머니를 모시지 않으면 안 된다는 핑계를 댔다. 친구들도 양해해 주었다.

그날의 약속을 어긴 사연을 친우들에게는 말할 수 없었다. 아직도 나의 가슴 속에만 묻어두고 있다. 요즘도 그 친구들을 만나면 대학 1학년 때에 설악산에 여행 갔던 일을 즐겁게 말한다. 같이 갔으면 좋았을 텐데 할머니 때문에 같이 가지 못했다는 것도 말한다. 그럴 때마다 나는 어머니의 눈물이 가슴에 남아서 찡해 온다. 어머니는 나보다 얼마나 더 아파하였을까?

출근길의 동대구 역대합실에는 배낭을 멘 젊은이들의 웃음소리로 소란하다. 그들은 나의 아픔 따위는 아랑곳하지 않는다. 그들이 메고 있는 배낭에도 어머니의 눈물이 베어 있지는 않을까?

〈1993〉

보리가 익을 때

 강원도의 평창 고을과 봉평장이 어디쯤인지 어림도 못 하였다. 잡지나 수필에서 메밀꽃이 달빛 아래에 흐드러지게 피어 있는 이야기를 많이 읽었다.

 그 고을 출신의 교수님이 쓴 고향 이야기는 메밀꽃보다는 감자꽃 이야기를 더 실감 나게 하였다. 온 밭에 그득히 피어 있는 하얀 감자꽃 이야기에 더 마음이 끌렸다. 그것은 봉평 들길의 서정적인 이야기가 아니었다. 궁기에 절어서 힘들게 넘어갔던 감자고개 이야기였다. 감자 포기를 여기저기에서 헤집어 파고 굵은 감자만 한 개씩 따서 먹었다. 통감자를 삶아서 아침에도, 점심에도 또 저녁에도 먹다 보니 너무 지겨웠다. 입맛이 물리면 으깨어서도 먹어 보고, 감자전을 붙여서도 먹어 보았지만 물리기는 여전하였다.

나는 그 글을 읽으면서 메밀꽃처럼 아련한 사랑도 들어있지 않는 건조한 감자 얘기가 더 진하게 마음에 울려왔다. 메밀꽃 필 무렵의 달밤이 어느 절기인지는 모르지만 내 고향에서는 그런 화사한 모습은 볼 수 없다. 그냥 끝없이 이어져 있는 보리밭이 전부이다. 다만 보리가 노랗게 익었을 때의 들녘은 은은한 달빛과 기가 막히도록 조화를 이룬 색조가 너무 아름다웠다. 보리가 익은 밭을 생각하면 그리움이 되어서 나를 감싼다.

　그때도 보리밭은 아름다운 정감으로 다가 왔을까? 정감은커녕 절뚝거리며 힘겹게 넘어갔던 보릿고개였다. 우리 고향에서는 감자 대신에 꽁보리밥으로 아침도, 점심도 그리고 저녁도 때웠다. 점심 한 끼는 아예 먹지도 못하는 집도 있었다. 반쯤만 익어서 아직은 푸른빛이 도는 보리를 베어 디딜방아에 찧으면 눅눅하여 떡처럼 엉킨다. 보리떡이라 하여 사카린을 넣어서 먹으며 허기를 달랬다.

　이제는 살기가 좋아졌다. 그런데도 연세가 많으신 분은 곧잘 지난날의 입맛을 말하며 군침을, 삼키도록 한다. 보리밥을 찬물에 말아서 풋고추를 고추장에 푹 찍어 먹는 맛이 제일이란다. 호박잎을 숭숭 썰어 넣어 끓인 된장국 얘기도 하면서 입맛을 다신다. 그랬을까? 그때는 그냥 보기도 싫은 식단이었다. 메밀꽃이 필 무렵이면 내 고향은 뜨거워지는 햇볕으로 덥기만 하였다. 더위 속에서 보리 수확을 해야 했다. 모심기도 해야 하는 바쁜 농사철일 뿐이었다.

일요일이 싫었다. 농사일 때문에 일요일은 노는 날이 아니고 일하는 날이라서 정말 싫었다. 땀범벅이 된 사타구니에 끼어들어 간 보리 까끄라기는 살을 파고들어 따가웠다. 정말 고통스러웠다. 보리타작이라든지 하기 싫은 농사일은 일요일에 맞추어서 날을 잡아 놓았다. 하기야 형님이랑, 나랑 어린 손이지만 일손을 보태려면 일요일에 잡는 것은 당연하였다. 가정실습이라면서 며칠씩이나 학교를 쉬게 할 때는 죽을 맛이었다.

그렇더라도 내가 농사꾼의 이웃이 될 수 있었던 것은 농사철의 일요일 덕택이다. 고향을 가슴으로 느끼게 된 것은 가정실습 때문이라는 생각이다. 서 씨라는 우리 집 일꾼과 하루를 보내면서 농사꾼의 삶을 체득할 수 있었다. 상급학교에 진학하지 못한 시골 친우들과 더 가까워질 수 있었던 것도 가정실습 때의 들녘에서였다. 학교에서 부르던 이동민이라는 이름 대신에 '일우야' 라는 아명을 들을 수 있었다. 서툰 농사일 솜씨를 학교에 다니느라 그렇다며 접어주던 이웃 아저씨의 따뜻함도 느낄 수 있었다.

지금의 고향에는 이웃 아저씨도, 내 일을 대신하여 해주던 친구들도 만날 수 없다. 들녘 끝까지 희끄무레하게 어리는 달빛이 노란 보리밭에 반사되어 물보라처럼 뿜어 올리던 달밤의 정경도 만날 수 없다. 아무리 가난한 집이라도 꽁보리밥으로 끼니를 때우지 않는다. 봄 한 철만 밥을 얻으러 다니던 뒷산 아래의 오두막집 아이들도 없다.

그렇지만 내 마음속에는 고향의 들녘이 가없이 펼쳐있다. 정거장에 내려서면 샛도랑, 월곡못, 웃들, 뒷들, 장군배기 산, 청천베기 그리고 선동 골짜기까지 눈앞에 선하다. 꾸불텅한 논둑길을 따라 오 리쯤 걸어가면 우리 동네이다. 담쟁이넝쿨로 둘러싸인 납작한 고가가 우리 집이다. 기억 속에 남아 있는 그 집이 그립기만 하다.

그러나 막상 내 눈앞에 펼쳐져 있는 고향은 그런 곳이 아니다. 여기저기에 굴착기로 파헤쳐져 붉은 속살을 드러내고 있다. 고속도로가 들녘을 가로지르느라 시야가 막혀버려 선동 골짜기는 아예 보이지도 않는다. 높다란 아파트 건물도 보인다. 지난 것들은 모두 사라지고 있다. 나를 기억해주는 사람도, 내 이름을 불러주는 사람도 모두 떠나가 버렸다. 나는 고향 들녘의 *끄트머리*에서 사라져버린 옛 모습을 마음속으로 불러보고 있었다. 그때 내 등 뒤에서 "니 일우 아이가?"라는 목소리가 들려왔다.

나는 언제나 원장님이었고, 선생님이었다. 권위 덩어리의 부름에 답하려면 바짝 긴장의 끈을 늦출 수 없었다. 그것이 오늘을 사는 나의 모습이었다. 어릴 때의 친구의 목소리는 수십 년 전의 나의 모습으로 데려가 주었다. 갑자기 고향은 현실이 되어서 내 앞에 나타났다.

〈1998〉

밤기차를 타고

나른해져 오는 오후 녘에 간호사가 "선생님 전화예요." 한
다. "누군데?" 간호사가 말을 전하면서 고개를 갸우뚱하였기
에 물어보았다. "낯선 목소리인데요. 친구라고 하네요."라고
했다. 나는 여자 친구라는 말에 잔뜩 호기심이 생겨서 전화를
받았다. "이동민 선생?" 하고 느릿하게 물어오는 목소리가 정
말 낯설었다.

"예, 맞는데요. 누구세요?"

"으응, 나 00야."

그제야 목소리의 얼굴이 어렴풋이 떠올랐다. 그래 맞아! 걔
목소리야. 까마득히 먼 옛날에 들었던 목소리이고, 수십 년
세월 속에 묻혔던 목소리인데도 이름을 듣고 나니 얼굴과 목
소리가 점점 생생하게 살아났다. 정말 신기했다.

시골의 우리 집 앞에는 작은 텃밭이 있었다. 그 아이의 집 담이 텃밭과 경계였다. 초등학교 6년을 같이 다녔고, 고등학교 때는 같은 기차를 타고 통학하였다. 그네 엄마는 우리 집과 먼 친척뻘이라서 '아지메'라고 불렀다. 그러하더라도 그 애와 내가 가까이 지낸 기억은 별로 없다.

그렇지만 고등학교에 다닐 즈음에는 아침의 통학 기차를 타러 역으로 가는 길에 자주 만났다. 마주치더라도 무덤덤한 기분이어서 서로 모른 척하고 지나쳤다.(마주치면 가슴 설레던 여학생이 있기는 하였지만 그는 아니었다.) 다만 지금 생각나는 것은 유난히 하얀 얼굴과 몹시도 새침하던 표정이다. 내게는 전혀 관심이 없어 하던 그의 태도 때문이 아니고, 전교에서 수석을 다툰다고 하였으므로 아예 말을 건네 볼 엄두도 못 내었다. 학교를 다닐 때는 공부를 잘 한다면 공연히 기가 죽어서 접근하기가 조심스럽지 않았던가.

어쨌거나 그와는 거리를 두고 살아왔는데 친구라면서 전화를 해오리라고는 상상도 못 하였다. 고향 마을, 유년기, 사춘기 적을 뒤적여 보아도 전화를 할 사이는 아닌 듯하였다. 더욱이 대학을 가면서 그는 서울로, 나는 대구로 떠나왔으므로 서로 소식도 모르고 지낸 지가 수십 년이나 되었다.

아니 딱 한 번 만난 일이 있었다. 4, 5년쯤 전이었으리라. 초등학교 동기생 모임이 시골에서 있었다. 그 애도 모임에 나타났다. 얼굴 표정은 여전히 옛날처럼 차가워 보였다. 그러나 말을 건네기는 예전보다 수월하였다. 멀리서 왔다고 인사를 하였더니 갑자기 고향 생각이 나서 무작정 밤 기차를 탔다고 하였다. '으응, 그랬어.' 차갑던 표정의 공부 잘하는 아이로만 각인되어 있었던 탓인지 그냥 지나가는 말로만 들었다. 왠지 쓸쓸해 보인다는 느낌이었지만 여자들은 공연히 감상적으로 되는 나이이리라, 고 생각하였다.

  걔가 떠나가자 친구들이 그의 소식을 말해 주었다. 남편과 헤어지고 혼자서 약국을 경영하면서 아이를 키운다는 이야기를 해 주었다. 친구들이 전해 주는 그 아이의 이야기를 듣고 나니 '아하 그랬구나, 그래서 훌쩍 밤 기차를 타고 싶었구나.' 하는 연민의 마음이 되었다. 내 수필집 한 권을 우편으로 보냈다. 책을 잘 읽어 보았다는 말, 너는 글을 쓰니까 정말 좋겠다는 말, 이제 나이도 들었으니까 교회에 의탁하면 좋으리라는 말을 예쁜 편지에 담아서 보내왔다. 그리고는 다시 서로가 소식을 전하지 않으므로 까맣게 잊어버리고 살았다.

  갑자기 전화를 받고 나니 솔직히 무척 반가우면서도 찬바람이 돌 듯 새침하던 아이기 전화를 걸어 준 게 신기하였다. 그는 대뜸 의약분업에 관하여 나에게 자문을 구한다고 하였다. (그때는 의약분업으로 시끄러울 때였다.) 아는 사람이 없는 곳에서 약국을 어떻게 경영해야 할지 막막하다고 하였다. 그러면서 요즘에는 밤 기차를 타고 어딘가로 훌쩍 떠나가고 싶다고 했다. 그랬었구나. 객지에서 여자가 혼자 살아가는 것이 너무 힘들었구나 싶었다. 우리는 세상살이가 힘이 들면 어딘가에, 또는 누군가에게 전화가 하고 싶어진다. 하필이면 그가 전화를 걸고 싶은 사람이 나였을까? 예전에 수도 없이 지나쳐 다니면서 눈을 내리깔고 말 한마디 건네지 않았던 아이이었는데….

하지만 객지에 살고 있는 우리가 영원히 돌아가고 싶은 곳은 마음의 안식처인 고향일 것이다. 틀림없이 그는 나에게 전화를 한 것이 아니고 고향이 묻어 있는 나에게, 말하자면 바로 고향에 전화를 한 것이리라. 그에게 나는 다만 고향으로 각인되어 있는 고향의 다름 아니었으리라. 삶이 고단하자 고향에 전화를 하고 싶어서 나에게 전화를 하였을 것이다.

밤 기차를 타면 모든 기차는 고향으로 달려갈까? 그렇지만은 아닐 것이다. 밤 기차는 동해의 바다로도, 또 어느 산골의 아늑한 절집으로도, 아니 내가 꿈꾸는 유토피아의 땅으로 달려갈 것이다. 내가 만약 밤 기차를 타면 달려가는 곳은 어디일까?

〈2002〉

잃어버린 신발을 찾으러

- 연상 여행을 하면서

　나는 꿈을 자주 꾸는 편은 아니다. 어쩌다 꾼 꿈도 잠에서 깨어나면 기억으로 남아 있는 것은 거의 없다. 그래도 신발을 잃어버리는 꿈은 여러 번이나 꾸었고, 깨어난 뒤에도 유난히 생생하게 기억되어졌다. 음식점에서 벗어 둔 신발을 찾지 못해 당황하였던 꿈의 기억이 너무 선명하여 현실에서 실제로 일어났던 일처럼 느껴질 때도 있었다. 옛날에 다녔던 학교의 마룻바닥의 교실과 비슷한 곳이었는데, 내가 왜 그곳에 있었는지는 모르지만 벗어 둔 신발이 없어져서 난감해하다가 잠에서 깬 일도 있었다.

　같은 내용의 꿈을 반복하여 꾸면 그 꿈에는 틀림없이 의미가 숨어있다지 않는가. 그 의미를 찾아가는 마음의 여행을 한답시고 눈을 감으니 얼핏 떠오르는 것이 있었다.

내가 초등학교에 다니기 전에 시골의 우리 마을에 흙벽돌로 어설프게 지은 교회당이 들어섰다. 여름날이면 예배를 보는 방은 무척 시원하였다. 골목길이나 배회하면서 사금파리나 작은 돌을 모아 길바닥에 앉아서 놀고 하였던 어린 우리는 자주 교회를 찾아갔다. 지금 생각해보면 요즘의 유치원처럼 노래도 가르쳐주었고, 동화도 재미있게 들려준 것 같다.

그때 들었던 동화들이 지금의 어렴풋한 기억으로는 백설공주라든지, 백조가 된 왕자의 이야기가 아니었을까 싶다. 얼굴은 전혀 기억나지 않지만, 손짓을 하면서 구연동화처럼 들려주던 여선생의 모습은 아름답게 떠오른다.

동네 아이들과 어울려서 교회를 찾아가는 일이 우리 집에 알려졌다. 그때는 교회를 다니던 사람을 두고 마을사람들이 '예수쟁이'라면서 이상한 사람들인 양 바라보던 시절이었다. 우리 집에서는 교회를 가지 못하게 하였다. 그래도 가고 싶어 하는 나더러 "교회에 가면 눈 감아라 해놓고 신발 훔쳐간다."라면서 겁을 주었다. 정말 신발을 잃어버릴까 봐서 교회에 나가지 않았을까 싶지만, 그 이후로는 교회에 대한 기억은 더 이상 남아있지 않다. 그 교회도 우리 마을에서 슬그머니 자취를 감춰버렸다.

얼마전 아침에 수영장을 가면서 늘 신고 다니던 헌 슬리퍼를 두고 그저께 아들이 사다 둔 새 것을 신고 갔다. 수영을 마치고 신발장에서 내 슬리퍼를 찾았으나 주인 없는 헌 슬리퍼만 남아 있고 내 것은 없었다. 어쩔 수 없이 헌 슬리퍼를 신고 집에 왔더니 아들이 아주 언짢은 표정을 짓고 투덜거렸다. 여자 친구에게 선물 받은 것인데 한 번도 신지 않고 잃어버렸으니 그 애에게 얼마나 미안하게 되었느냐는 것이 이유였다.

내가 저지르고 온 일이라서 아무 말도 않고 그 녀석이 투덜거리는 말을 듣고만 있었다. 가슴 속에는 싸늘하게 느껴오는 먼 거리감으로, 아니 분노라고 해야 할까, 서글픔이라고 해야 할까, 하여간에 찬바람이 회오리치면서 지나갔다. 그 녀석은 아버지쯤은 아랑곳없다는 듯이 투덜댔고, 나는 왜 납덩이 같은 가슴을 안고 가만히 듣고만 있었을까. 그래도 아비인데 네 친구가 아비보다도 더 소중하냐면서 버럭 고함이라도 질렀어야 하지 않았을까. 하지만 고함을 지르지 못했다. 그러는 사이에 아이는 현관문을 열고 밖으로 나가버렸다.

생각해보니 기억의 바다에서 떠돌고 있는 것은 잃어버린 신발이었다. 그 신발은 틀림없이 내 마음의 깊은 곳에서 일어나는 일을 소리 질러 내게 알려주려고 했을 것이다. 그런데 나는 도무지 그 신발의 말을 알아들을 수가 없다.

6.25전쟁이 막바지로 접어들던 때에 초등학교에 입학했다. 우리 또래는 대부분이 검정 고무신을 질질 끌면서 학교에 다녔다. 그래도 고학년이 되었을 때는 전쟁도 끝이 났고, 반 아이들 중에는 더러 흰색 운동화를 신고 다니는 아이도 있었다. 추석 때도, 운동회를 앞두고도, 그 흰색 운동화가 신고 싶어

서 사 달라고 조르고 또 졸랐다. 그러나 운동화는 신어보지도 못하고 초등학교를 졸업하였다.

그때 내가 혹시 버림받은 아이라는 생각을 하면서 스스로 불행의 올가미를 쓰게 한 것은 아니었을까. 내 연상 속에서 갑자기 '거지 왕자'가 튀어 나왔기 때문이다. 거지로 바뀐 왕자가 다시 왕자로 되돌아올 때의 짜릿하게 느껴오던 희열감 때문에 '거지 왕자'는 만화로, 동화책으로, 그리고 영화로 열 번도 더 보았다. 얼마 전에는 케이블 TV에서 보여준 최신판 신데렐라 영화를 대여섯 번이나 보았다. 볼 때마다 재미가 있었다. 왕자와 결혼식을 올릴 때는 마찬가지로 짜릿함을 느꼈다.

다시 옛날을 떠올리면서 연상을 따라서 여행을 해보았다. 끝내 운동화를 사주지 않았던 아버지(아니, 기억에 없을 때 양자를 가서 아버지라고 불렀지만 실제로는 삼촌이었다.)가 지금껏 내가 쓴 글에서 모습을 드러낸 일은 거의 없었다. 그만큼 내가 쓰지 않았던 것이다. 어머니의 이야기는 수도 없이 쓰면서 아버지는 내 글에서 왜 추방해 버렸을까.

초등학교쯤의 여름날이었다. 오후가 되면 소를 몰고 가서 앞산 위에다 풀어 놓았다. 저녁이면 다시 소를 집으로 몰고 오는 일이 내 몫이었다. 그런데 그날은 왜 그렇게 가기가 싫었는지 모른다. 고개를 꼬고 몸을 비비 틀면서 사립문을 붙잡고 서 있었다. 방에 앉아 계시던 아버지(삼촌)께서 맨발로 달려 나와서 내 목을 움켜쥐고 땅바닥에 내동댕이치려는 듯이 몇 바퀴나 맴을 돌렸다. 내 발은 땅에서 떨어져서 허공에서 버둥거렸다. 겁에 질려서 울지도 못하고 소를 몰고 산으로 갔던 일이 방금 일어났던 일처럼 기억난다.

정신분석을 하는 선생님이 내 얘기를 듣는다면 아마 "그렇게 심하게 다루지는 않았을 것입니다. 유년의 기억은 거의가 환상이니까 그런 환상에 젖어 있었을 뿐입니다. 그러나 아버지와 그런 환상은 의미가 있겠지요."라고 하겠지만, 하여간에 내 기억으로는 그랬다.

잃어버린 채 언제나 찾지 못하고 꿈에서 깨어났던 신발은 아버지를 말해 주는 것일까. 기억하고 싶지 않은 일들, 그리고 찾아지지 않는 신발, 무섭기만 하였던 어린 날의 기억…, 잃어버렸던 신발 때문에 투덜대면서 나를 언짢게 하였던 아들 녀석에게 나는 왜 아무 말도 않고 듣고만 있었을까. 아니면 아버지와는 관계없는 일인가. 아버지라면 그렇게 쉽게 기억해 낼 수가 없다고 하지 않을까. 마음의 심연에는 다른 사연이 있을 거라고….

어쩌면 나는 죽을 때까지 내 신발을 찾기 위해서 헤매리라는 생각이 든다. 그 신발에는 나도 모르는 내가 있기 때문이다.

〈2006〉

땡시험

지난번 모교를 방문하였을 때 나는 일본강점기에 지은 칙칙한 붉은 벽돌집 교사를 감회에 젖어 바라보았다.

동기들은 모두 해부학 실습실을 기웃거렸다. 내가 2층의 남쪽 끝을 멍하니 바라본 이유는 달갑지 않은 기억 때문이다. 백발이 되어도 해부학 실습 기억이 제일 선명하다고 한다. 나는 용하게도 사지골, 두개골 하는 해부실습 시험을 무사히 치렀다. 다들 쉽다고 하는 조직실습 시험에서 무슨 귀신이 붙었는지 발목이 잡혔다. 현미경만 들여다보면 자꾸 엉뚱한 생각이 났다.

필기시험은 성적이 아주 좋았다. 조직학 때문에 낙제를 면하게 되었다고 좋아하였다. 인체의 조직과 세포를 확대하여 보는 실습시험에는 덫에 걸린 듯이 꼼작할 수 없었다. 교수님이 적선을 베푼 듯이 치르게 해준 3탕 시험에야 겨우 통과하였다. 그래서 나는 조직 실습실이 있는 2층을 바라보았던 것이다.

그때는 학교에만 현미경이 있었다. 조직 표본도 학교에만 있었다. 우리는 한겨울에도 학교에 나와 현미경을 들여다보느라 밤샘하기가 예사였다. 세포를 식별하기 위해 고운 색으로 염색을 하였다. 염색한 세포를 바라보면 아름답기 짝이 없었다. 산 같고, 나무 같고, 산속으로 뻗어있는 오솔길 같았다. 아니 나는 그런 생각을 하였다. 어떤 때는 추상화를 닮은 그림 모양으로 보여 옳은 답을 맞힐 수 없었다.

조직의 특징적 구조로 답을 써야 하는데, 샘플 한가운데에 검은 덩어리가 보이지(샘플을 만들 때 잘못하여 생긴 덩어리이다.), 그건 콩팥 조직이야, 긴 철삿줄이 엉킨 듯이 보이는 건 허파이고, 선인장이 줄지어 서 있는 것은 장관이야. 나는 그런 식으로 공부하였다. 쉽게 외우기 위해, 아니 단지 시험만을 위해서 그렇게 공부해 둔 것이 오히려 함정이 되어서 나를 그림의 화면에 빠져들게 하였다.

시험을 치를 때는 수십 대의 현미경이 놓여 있다. 우리는 그 앞에 선다. '땡' 하는 신호가 울리면 현미경을 들여다보고 조직의 이름을 쓴다. 다시 '땡' 하면 옆의 현미경으로 자리를 옮겼다. 그래서 우리는 조직실습 시험을 땡시험이라고 불렀다.

나는 땡시험에 유독 약했다. 눈썰미가 시원치 않아서라고 변명하였지만, 사실은 나는 조직 샘플을 들여다보면서 엉뚱한 생각을 하였기 때문이다. 염색된 세포를 냉정히 바라보고 과학적인 특징을 확인하여 조직의 이름을 써야 한다. 그것이 공부이다. 그것이 내가 의사 생활을 하는 데 필요하다. 그런데도 나는 자꾸 그림이 그려진 화면을 생각하였으니 정답을 쓸 수가 없었다.

효자 과목으로 좋아하였던 조직학이 땡시험 때문에 낙제를 걱정해야 할 처지가 되었다. 시골에서 농사를 지으며 학비를 보내는 어머니를 생각하면 낙제는 절대로 해서 안 된다. 연말의 들뜬 분위기와는 달리 난방도 안 된 교실에서 담요 한 장을 뒤집어쓰고 12월의 겨울밤을 보내던 생각이 나서 나는 한참이나 2층 교실을 바라보았다.

현미경을 들여다보던 그 교실에는 수억 원이나 한다는 전자 현미경이 있었다. 내 동기가 교수였다. 그는 전자 현미경 다루는 법을 설명하면서 십만 배나, 이십만 배나 확대된 세포를 보여 주었다. 염색된 세포로 보았던 구조와 너무 많이 달랐다. 이건 상상도 되지 않았다. 첨단 기계에 가려져 우리 인체는 어딘가로 멀리 사라져버린 듯하다. 오직 기계와 대화하여 우리의 인체를 가늠하고 있을 뿐이다. 이제는 병을 진단하기 위해서 아픈 사람을 대면하는 것이 아니다. 인체에서 채취한 검사물을 기계와 대면시킨다. 인정이 흐르는 사람이 아니고 아무런 감정도 없는 채취물과 기계가 과학적인 대화만 나눈다.

　내 의원을 떠올렸다. 첨단 장비라고는 아무 것도 없다. 귀에
다 청진기를 꽂고 환자의 가슴에 댄다. 나는 환자와 무릎을
맞대고 호흡소리를 들으며 심장 박동을 느낀다. 수심이 흐르
는 환아의 엄마 얼굴을 마주하고 있다. "걱정하지 마세요."라
며 위로의 말도 들려준다. 그런데도 내 의원은 하루하루가 지
날수록 조용해진다.

　어쩌면 나는 땡시험을 칠 때 엉뚱한 생각을 하느라 재탕, 삼
탕까지 시험을 쳤다. 요즈음은 또다시 기계가 대신하는 냉혹
한 시대에 살면서 부질없는 생각을 하느라 재탕, 삼탕 시험을
치는 개원의사가 되는 것은 아닌지 모르겠다.

〈1996〉

기억 흔적

모자를 쓰면 젊어 보인다는 말을 들으니 기분이 좋았다. 그 때문인지 백수가 된 후로는 정장보다는 간편복에 앞창이 달린 모자를 쓰고 다닌다. 거울을 들여다보면 적은 숱의 머리를 모자가 가려주어 얼굴만 드러난다. 훨씬 젊어 보인다. 그래서 곧잘 모자는 젊게 살려는 나의 표현이다. 나의 캐릭터를 나타내는 상징이라는 말로 이유를 댄다.

사회활동을 하였을 때는 화이트컬러 직업인이었으므로 정장 차림으로 생활하였다. 은퇴한 후에 젊어 보인다는 말 한 마디가 나의 익숙했던 차림을 하루아침에 벗어버리도록 하였다. 그토록 '젊음'에 집착하고 있었음에 나 자신도 놀랐다. 하기야 젊음을 갈망하는 것은 노인들의 하나같은 바람이라고 하니, 새삼 놀랄 일도 아닐 것이다. 그렇더라도 튕긴 고무줄이 제자리로 돌아가듯 변신이 너무 쉽게 일어났다.

초등학교 3학년 때의 여름이었다. 머리에 부스럼이 생겼다. 그 시절의 시골아이에게 머리에 나는 부스럼쯤은 대수롭지도 않은 일이었다. 그러나 이내 진물이 나면서 살이 곪고, 머리털도 뭉텅 뭉텅 뽑혔다. 촌아이가 처음으로 기차를 타고 대구의 동산병원을 찾아간 보람도 없이 머리에는 주먹만 한 흉터가 생겼다.

드문드문 남은 머리털은 아무런 역할도 해주지 못하므로 '달'이라는 별명을 하나 더 얻었다. 나는 머리의 흉터가 너무 부끄러웠다. 중학교에 다닐 때는 교모가 나의 수치를 감추어 주는 방패였다. 등, 하교를 할 때, 심지어는 외출을 할 때도 반드시 교모를 쓰라는 학교의 방침이 고맙기 그지없었다.

지금도 생생한 지난날의 기억이 하나 있다. 고등학교에 다닐 때는 기차통학을 하였다. 기차를 기다리는 동안에 우리는 장난을 치면서 시간을 보냈다. 친구가 내 모자를 벗겨서 들고 도망을 갔다. 나는 쫓아갔다. 내 손이 닿을 즈음이면 다른 친구에게 모자를 던졌다. 나는 다시 쫓아갔고…. 우리는 흔히 친구를 놀려주느라 그런 장난을 하였다. 신발을 벗겨서 이리저리 던지기도 하였고, 모자를 벗겨서 던지기도 하였다. 곧잘 하였던 장난이었는데도 나는 왜 수십 년이 지난 지금도 생생하게 기억하고 있을까?

기차통학을 하면 역에는 남학생과 여학생이 모여 함께 기차를 기다린다. 모자가 벗겨진 내 머리에는 흉터가 선명히 드러났을 것이다. 여학생 앞에서 흉터가 드러난다는 것이 사춘기를 보내던 나로서는 견딜 수 없이 부끄러웠을 것이다. 충격이 강할수록 더 깊이 각인이 되어서 오랜 시간이 지나도 기억의 흔적이 지워지지 않는다.

대학에 진학하면서 고등학교의 교모는 저절로 벗겨졌다. 다행히 머리숱이 많았던 탓에 길게 기른 머리는 흉터를 충분히 가려주었다. 모자의 역할을 머리털이 대신 해주었다. 나를 움츠러들게 했고, 열등감의 깊은 심연 속으로 가라앉게 하였던 음울한 그림자도 서서히 사라졌다.

사회인이 되었을 때는 '달'이라는 콤플렉스에서 완전하게 벗어났다고 믿었다. 남들이 부러워하는 직업을 가지고, 항상 선생님이라는 존칭을 들으면서 살았다. 수북하게 자란 머리털은 소나기구름처럼 달을 흔적도 없이 감추어 주었다. 고향을 떠나 살면서 나의 유년을 기억하는 사람도 거의 없다. 머리의 부스럼, 그리고 달로 이어지는 기억들은 머리털에 가려져서 까마득하게 멀어져 갔다.

노년이 되면서 머리의 숱은 옅어지고 이마도 조금 넓어졌다. 그렇더라도 어릴 때처럼 신경을 곤두세우지는 않았다. 나를 '달'이라며 놀려주던 친구들의 앞이마도 비행장만큼이나 넓어졌다. 아예 가발을 쓰고 다니는 친구도 한둘이나 된다. 그들에게 비하면 나의 머리숱은 그래도 많이 남아있는 셈이다. 그런데도 나는 기를 쓰고 모자를 쓴다. 젊어 보인다는 것을 변명거리로 삼다보니 중절모가 아닌, 앞창이 달린 젊은이들의 모자를 좋아한다. 얼마 전에는 지인이 앞창이 달린 모자를 선물하였다. 사위도 미국을 다녀오면서 앞창이 달린 모자를 사왔다. 할아버지가 쓰기에는 격에 어울리지 않을 듯한데도 그들은 그 모자를 사왔다. 나도 싫지 않았다.

아무리 아팠던 삶의 조각이라도 시간에 오래 씻기다 보면 희미해진다. 지우개로 지우듯이 기억들은 옅어지고, 마침내는 사라진다.

정말 그럴까?

아무리 지워도 펜에 눌러서 종이에 남아있는 흔적까지 지우지는 못한다. 모자는 의식의 골짜기에 부끄러운 그림자로 남아있는 기억의 흔적이다. 흔적을 남긴 본래의 모습은 젊음도, 아름다움도, 멋있음도 아니다. 어딘가에 숨어버리고 싶었던 나의 모습일 뿐이다. 어울리고 싶어도 저만치 떨어져서 쉽게 다가가지 못하였던 음울하고 슬펐던 지난날의 나의 모습이다.

지금도 나는 어두운 그림자가 드리운 나의 모습을 사실대로 복원하지 못하고 있다. 모자라는 흔적에서 '젊은 나'라는 허상의 허수아비를 만들고 있다.

〈2011〉

40년 전의 어느 날

40년 전 나는 포플러가 교육대학의 뒷담을 따라 줄지어 선 동네에서 하숙을 하였다. 하숙비에 조금씩 더 얹혀오는 용돈은 아무리 아껴 쓰더라도 월말이 가까워져 오면 거덜이 난다. 그럴 때는 버스도 탈 수 없어 동인동의 학교에서 하숙집까지 터벅터벅 걸어오곤 하였다.

어머니가 시골에서 농사를 지어서 형님부터 차례로 대학을 보낸 우리집 형편을 너무 잘 알고 있는 나로서는 불평할 수가 없었다. 견디기 어려운 것은 일요일이 되어도 갈 곳이 없어서 하숙방에서 뒹굴 때였다. 송죽극장이나 자유극장은 재개봉관이어서 극장비도 쌌다. 그러나 텅 빈 호주머니라서 엄두도 내지 못하였다.

그날도 늦가을의 날씨는 한없이 스산했다. 교육대학의 뒷담을 따라서 늘어서 있던 키 큰 포플러에는 가지가 앙상하게 드러난 채 노란 잎 몇 개만이 흔들거리고 있었다. 호주머니의 용돈도 바닥이 난 지 며칠이 지났다. 일요일이래도 갈 곳이 없어서 불기 없는 방에서 뒹굴고 있었다.

이때 방문이 스르륵 열리면서 ROTC 장교로 근무하는 형이 불쑥 찾아왔다. 고향에 들를 겸 내려왔다가 귀대하는 길이라고 하였다. 형은 문지방에 걸터앉은 채로 방안을 휙 둘러보았다. 얼마 전까지만 해도 힘들게 학교를 같이 다녔던 우리 형제인데 내 처지를 너무 잘 알고 있을 것이다. 나는 멈칫거리면서 일어났으나 아무 말도 않았다.

"힘들지."

"괜찮아."

또 오래 동안 침묵이 흘렀다.

군화 끈도 끄르지 않고 문지방에 앉아 있던 형은 차 시간이 되었다면서 일어났다. 나도 일어나서 대문을 나서는 형을 뒤따라갔다. 형은 주섬주섬하면서 호주머니에서 지갑을 꺼냈다. 몇 장 되지 않은 지폐 중 귀대할 차비만 남기고 몽땅 떨어내 주머니에 넣어 주었다.

교육대학의 뒷담을 낀 길에는 오후 녘의 옅은 햇살이 깔리고 있었다. 형은 뒷등에 햇살을 받으면서 휘적휘적 걸어가 버렸다. 나는 알 수 없는 슬픔으로 콧잔등이 찡해 오면서 왈칵 눈물이 솟을 것 같았다. 목이 메어 잘 가라는 인사도 못하고 슬그머니 돌아서 버렸다. 혹시 눈물이라도 보일까 싶어서 였다.

객지에서 하숙집의 찬 방바닥에 뒹굴어야 했던 일이 서러 워서인지도 모를 일이다. 타관 땅에서 낯선 사람들에게 시달 리느라 그립던 인정이 지갑을 툭 털어 주던 형의 따사로움이 갑자기 더 서럽게 느껴졌는지 모를 일이다.

그저께는 그 형님이 고등학교 교장 선생님을 마지막으로 퇴직한다는 연락을 받았다. 내가 그때를 이야기하면 틀림없 이 "그런 일이 있었나."라고 말할 것 같다.

〈2010〉

제3부

삶의 언저리에서

잘 사는 게 뭐지?

요즘에는 백수답게 낮에도 멍하니 텔레비전을 보고 있다. 의사 선생님이 나와서 건강에 관한 강의를 하는 프로와 자주 만난다. 요즘의 의사 선생님은 입담이 구수하여 이야기가 재미있다.

"선생님, 치료의 목적은 무엇입니까?"

"잘 먹고, 잘 자고, 잘 싸게 하는 것입니다."

명답이 아닌가.

소아과 의사가 하는 일은 "아이가 자라서 어른이 되었을 때에 혼자서도 잘 살게 하는 것이다."라고 하였다. 아이도, 어른도, 혼자도, 해석에 혼란이 오지 않는 말이다. 그러나 '잘 살게' 라는 말은 답을 구하기가 쉽지 않다.

어떻게 하는 것이 잘 사는 것이냐는 물음은 다분히 형이상학적인 문제다. '어렵게 표현한 것보다는 잘 먹고, 잘 자고, 잘 싼다'는 말은 형이하학적인 명답이 아닌가.

올해 대학 동기회 총무를 맡았다. 졸업한 지가 39년 6개월이 되었다. 회장으로부터 연락이 왔다. 후반기 동기회 운영에 관하여 임원진이 모여서 이야기나 나누잔다. 임원진이라야 겨우 세 명이다. 동기회 운영은 핑계이고 술이나 한잔하자는 속셈이다. 만나기로 한 장소는 막걸리 맛이 소문난 집으로 된장 우거짓국에 비빔밥이 일품이라고 하였다. 난 양식집보다 이런 집이 더 좋더라고 전화기를 통하여 그가 전한다.

회장인 그는 졸업하고 바로 미국으로 가서 전문의가 되었다. 그곳에서 근무하다 귀국하여 모교의 교수로 봉직하고 있다. 그러다 보니 우리들의 이야기는 자연스레 미국 동기들의 근황이 되었다.

미국 동기에 관한 나의 기억은 거의 20년쯤 전에 미국에 정착한 친구 집을 방문했을 때가 전부이다. 마치 동화책의 성곽 같은 집에 살고 있던 모습이 강렬한 기억으로 남아있다. 동기의 부부 60여 명이 모여서 가진 파티장은 지하였는데, 카페와 노래방과 당구장도 있었다. 그래도 자리가 남았다. 그날 저녁에 이 자리에 참석하지 못한 미국의 동기로부터 전화를 받았다. 학교에 다닐 때 서로가 외로워서 가까이 지냈던 친구였다. 나는 전화를 받자 대뜸 "우와, 너네들 미국에 와서 성공했더구나. 집이 어마어마하구나."라며 부러워하였다.

그때 전화선을 타고 온 그 친구의 차분한 목소리가 지금도 내 가슴 속을 싸아하게 해준다.

"그렇게 보이나. 우리가 이 정도라도 자리를 잡기 위해서 흘린 눈물이 얼마나 많은지는 모를 거야."

그가 그때 왜 그런 말을 하였는지는 모른다. 그때는 그의 말을 아무런 생각 없이 흘려들었기에 무슨 뜻이 담겼는지 몰랐다. 그냥 부럽기만 하였을 뿐이었다..

나는 회장더러 이렇게 물어보았다.

"너는 미국에 머물지 않고 왜 한국에 나왔어."

"난 조금도 후회 안 해. 여기 생활이 얼마나 좋은데. 저녁마다 친구를 만날 수 있지. 눈치를 보면서 부대끼지 않지. 가슴 속에 품은 말을 주저없이 털어낼 수 있지"

"그곳은 안 그래?"

"사람 사는 곳이 별 곳이야 있겠냐마는, 우리와 문화가 다르니까 적응하기 어려운 사람도 있어. 어쨌거나 여기가 좋아."

"그래도 무지하게 잘 살던 것 같던데."

"그럴 거야, 그래도 여기가 더 좋아. 돈은 많이 못 벌었지만 한 번도 후회한 일은 없어. 오늘 저녁처럼 이렇게 친구와 술을 마시면서 이야기를 나누는 것이 행복이 아니냐? 이게 잘 사는 게 아니냐?"

맞다. 이게 잘 사는 게 맞다. 나도 그렇다는 생각이 들었다.

미국 생활이 외롭다던 그 친구는 지난겨울 유명을 달리하였다. 도무지 믿어지지 않아서 한국에 살고 있는 그의 동생에게 전화를 걸었다. 울먹거리는 목소리로 이렇게 말하였다.

"형님도 알다시피 형은 목 디스크와 우울증으로 약을 복용하고 있었잖습니까? 아마도 약을 과용하신 것 같습니다."

우울증이라면…. 나는 순간 가슴이 멍해 왔다. 학교에 다닐 때 미국에 가서 전문의가 되는 것이 그의 꿈이었다. 그는 우리 동기 중에 제일 먼저 미국으로 갔다. 오늘 저녁에도 우리는 그 친구의 이야기를 나누었다. 회장이 뉴욕에 들렀을 때 그의 집에 초청을 받았단다. 어마어마한 집의 아래 층에 노래방이 있어서 노래를 하였단다. 그 친구는 한국 노래를 너무 많이 알고 있더라고 하였다. 한국의 노래를.

그가 한국에 나왔을 때에 식사를 함께 한 일이 있었다. 아들은 그리도 어렵다는 의과대학을 나와서 미국 의사가 되었고, 며느리는 독일계 2세로서 역시 의사라고 하였다. 딸은 뉴욕에서 변호사라고 하였다. 나는 또 그 친구가 부러웠다. 자식들의 장래를 위해서 자신의 생활은 접어버리고 사는 사람도 많다던데, 자식들의 교육도 잘 시켰고, 돈도 벌었고, 도무지 부족한 점이 없어 보였다.

그런데 "우울증 때문에…"라며 울먹거리던 동생의 목소리는 나를 깊은 혼란 속으로 빠뜨렸다. 잘 사는 게 뭔데, 라는 풀 수 없는 화두를 나에게 남겨 주었다.

바깥에는 장맛비가 주룩거리고 있었다. 마음씨 좋은 식당 사장은 괜찮다는 우리에게 억지로 우산을 내어 주었다. 나는 우산을 들고 회장과 어깨를 나란히 하여 빗속으로 걸어 나왔다.

"우리 한잔 더 하자. 오랜 만에 만났으니 실컷 이야기나 나누자."

"그럼, 이게 잘 사는 거야. 한잔 더 하자."

우리는 비틀거리면서 술집 '풀하우스'에 들렀다. 아마도 생맥주를 마시면서 횡설수설하였을 것이다. 삶이 뭐냐, 잘 사는 게 뭐냐면서 논리에 맞지도 않는 말을 제멋에 겨워 쏟아 내었을 것이다. 잘 사는 것이 무엇인지를 쥐뿔도 모르면서 마치 내가 잘 살고 있는 듯이 호기를 부렸을 것이다.

이튿날 나는 속이 쓰러서 종일토록 방에 누워 있었다.

〈2010〉

진료실 풍경

담당 간호사가 볼이 부어 있는 할머니 한 분을 모시고 들어오면서 "선생님, 잘 좀 봐 주세요."하고 눈을 껌벅껌벅하였다. 할머니는 연신 팔꿈치를 쓰다듬으면서 내 앞의 의자에 앉았다.

보건소 의사가 만나는 환자는 대부분이 할머니와 할아버지이다. 아픈 곳이야 헤아릴 수 없이 많지만 진료하는 의사나 진료를 받는 환자나 그냥 의례로 인사를 나누고 덤덤하게 말을 주고받는다. "좀 어떠세요?"라고 묻는 말도 틀에 박힌 듯하고, "그냥 그렇지 뭐, 이게 어디 낫는 병이야."라는 대답도 마찬가지다.

어쩌다가 옷을 화려하게 차려입은 할머니가 들르면 진료실에서는 오히려 이상하다는 듯이 바라본다. 돈이 있어 보이는 분이 왜 여기를 찾아왔을까, 하는 의구심 때문이다.

보건소 진료실은 긴 인생의 끝자락까지 달려오신 분들이 찾아오는 곳이다. 그것도 자동차를 타고 미끄러지듯이 달려온 분이 아니고, 따가운 햇살을 온몸으로 받으면서 터벅터벅 걸어서 여기까지 오신 분들이다. 그래선지 보건소에도 여전히 터벅터벅 걸어서 찾아온다.

간호사가 눈을 껌벅하였던 이 할머니도 보건소에 들어서다가 윤이 나는 바닥에 미끄러져서 팔꿈치에 피멍이 들었던 것이다. 할머니는 바닥 탓만 하면서 투덜거렸고, 간호사는 '선생님, 이럴 때는 어떻게 하는지 잘 아시지요.'라는 뜻으로 눈 신호를 보냈던 것이다.

할머니가 부어 있을 때는 내가 곧잘 하는 버릇이 있다.

"할머니, 고향이 어디세요?"

"저기, 시골이야."

이런 대답이 나오면 내 전략은 거의 성공한다. 일흔이 된 분이나 여든이 된 분이나 고향 이야기를 할 때는 눈빛이 밝아지고, 부어 있던 얼굴에 금방 화색이 돈다. 이야기를 들어보면 대부분이 십육칠 세쯤까지는 고향에서 살았고, 이웃마을로 시집을 가서 힘든 농사일을 하였다고 하였다.

"시골에 살 때는 재미가 좋았어요?"라고 다시 물어보면, "재미는 무슨 재미, 일만 실컷 했지."라고 대답한다. 그러나 말과 얼굴 표정은 확연히 다르다. 행여 할머니의 고향땅이 내가 아는 곳이라면 나는 그곳의 마을 이름을 하나 대고는 그곳에 가보았다고 운을 뗀다. 그러고 나면 틀림없이 이야기가 길어진다.

친구들과 나물을 캐러 다니던 이야기부터, 줄줄이 아이를 달고 이웃집에 농사일을 하러 다니던 고생담까지 그리움 속에 담기면 할머니의 회상 속에는 힘들었던 일은 어디론가 사라져버리고 즐거움만 떠돌아다닌다. 팔꿈치 때문에 부어있던 할머니 얼굴은 간 곳이 없고, 아득한 옛날의 이야기에 빠져 있다. 할머니 말마따나 고생만 실컷 했던 그 땅이 정말 그렇게 그리운 것일까?

간호사는 자꾸 시계를 바라본다. 시간이 너무 많이 흘렀기 때문이다. 다른 날 같으면 간호사가 슬며시 다가와 "할머니, 이제는 약 타러 가셔야지요."라면서 자리에서 일어나게 한다. 그러나 오늘은 환자를 보호하지 못한 죄책감 때문에 이러지도 저러지도 못하고 자꾸 시계만 바라본다.

보건소를 찾아오는 환자들이 걸어온 행로야 거칠고 힘들었을 것이다. 지금 당장도 보건소의 육중한 유리문을 밀치고 밖으로 나가면 단칸 셋방의 서늘한 한기가 맞아줄 뿐이다. 말상대가 되어 줄 사람은 아무도 없다.

햇볕이 모여드는 블록 담벼락 아래에 쭈그리고 앉아서 종일 골목을 지나다니는 사람들이나 말없이 바라볼 것이다. 이것이 하루의 일과이다. 먼지가 풀풀 날리는 골목길이나 걷다 보니 보건소의 번들거리는 바닥이 낯설어서 넘어졌을 것이다.

의자에 앉아서 자기 차례를 기다리던 할머니가 눈치를 보아 가면서 나에게 다가왔다. "이 할마시는 무슨 이바구를 이리도 길게 하노. 들어보니 쓸 만한 것은 하나도 없구마는." 하면서 일어설 줄 모르는 할머니를 힐책하였다. 진료 중이면 다른 환자는 들어오지 못하도록 간호사가 제지한다. 오늘은 웃기만 할 뿐 모른 척하였다.

"내야 쪼매 앉아 있었는데, 할마시가 벨라기는." 하면서 일어났다. "진료만 퍼뜩 받고 가야제."라면서 내 앞에 앉았다. 진료지를 보니까 약 처방만 받아가는 환자였다. 그런데 이 할머니도 자기 고향 이야기를 끄집어냈다. "우리사 마00에서 살았다 아이가. 경치 하나는 정말로 좋았데이." 나는 "그러세요."라고 답하고 웃으면서 듣기만 하였다.

보건소에 오는 할머니의 이야기는 모두가 어슷비슷하였다. 그냥 들어주기만 하면 된다. 간간이 '그렇군요'라고만 하면 된다. 사람이 그리운 할머니에게는 말 상대가 되어주는 것이 치료보다 더 반가울 것이다.

이번에는 간호사가 다가왔다. "할머니, 앞의 분더러 너무 오래 앉아 있다고 하시더니, 할머니는 지금 더 오래 앉아 계셨어요." "벌써 그렇게 됐나. 내사마 금방아이가." 이 할머니는 긴 인생사의 온갖 사연을 진료실 허공에다 뿌려 놓고는 느릿느릿 일어났다.

아무 말도 않고 그냥 들어만 주면 되는 건데. 내 자책과는 아랑곳없이 간호사는 다음 환자를 호명하였다.

〈2007〉

벽

개원한 지 일주일쯤 지나서였다. 진료를 받은 환아의 엄마들이 나를 어떻게 평가하는지 무척 궁금했다.

저녁에 아내가 그늘이 가득한 얼굴을 하고 말을 건넸다. "우리 의원의 맞은편에 리어카로 난전을 하는 아줌마 있지요. 그저께 아이 진료하러 왔어요?" 하고는 내 눈치를 살폈다. 의아해하는 나에게 들려준 이야기는 이랬다.

시장을 다녀오는 길에 그 앞을 지나치려니까 얼핏 우리 의원을 말하는 것이 들렸다. 귀가 번쩍 열려서 일부러 걸음을 멈추고 뭐라고 하는지 들어 보았다. "이 앞의 소아과 의사는 아무것도 모르더라."라는 말에 가슴이 철렁 내려앉더라고 하였다. "아이가 놀라서 갔는데 아무것도 모르더라. 아이가 놀랐는데도 아무 이상 없다면서 약도 지어주지 않고 그냥 가라고 하더라. 놀란 아이를 그냥 가라고 하다니 말이 되느냐."라며 혀를 끌끌 차더라고 하였다.

나도 그 아줌마를 기억하고 있었다. 2, 3일 전 생후 한 달쯤 되는 아이를 데리고 와서 밤에 잠을 자지 않고 보채더라고 했다. 틀림없이 놀랐다는 진단까지 붙여서 왔다. 소아과에서는 이런 일을 자주 경험한 터라 나는 진료하지 않고도 '정상아'라는 것을 알고 있다. 그래도 청진기를 가슴에 대어보고, 여러 곳을 꼼꼼하게 진찰하였다. 방금 개원하였으므로 내 딴에는 친절하게 보이려고 애를 썼다. 아무 이상이 없으므로 약을 먹지 않아도 된다고 하고, 그냥 돌려보냈다. 병이 없다면 기뻐할 줄 알았던 내 기대와는 달리 머리를 갸우뚱하면서 "놀란 아이를 그냥 두어도 됩니까?"라며 불만스런 투로 말하였다.

나는 과학적이고 합리적이라는 서양의 잣대로 교육받은 젊은 의사였다. 서양의학을 공부하면서 내가 배운 방식 이외의 의술은 절대로 용납할 수 없었다. 의대를 졸업하고 올챙이 의사가 되어서 환자를 다루면서 많은 사람이 내가 배운 잣대로 병을 재단하지 않는다는 사실을 알았다. 나는 그것을 도저히 인정할 수 없었다. 전통요법이라고 억지를 부리는 사람을 만나면 그들의 무지에 분노마저 느꼈다. 논리적인 설명도 없이 놀랐느니, 혈이 막혔느니, 기가 약해졌느니 할 때는 연민의 정마저 느꼈다. 이들에게 원인과 결과를 이치에 맞게 설명해 주면 무지의 벽은 금방 허물어지고 내 말을 따르리라고 믿었다. 고개를 갸웃하면서 긴가민가하는 엄마에게 정말 열심히 설명해 주었다. 솔직히 말해, 일본강점기 시대에 농촌에 가서 계몽운동이라도 하는 기분이 되어서 '놀랬다'는 진단이 얼마나 비과학적인가를 이해시키려 하였다.

환아의 엄마가 돌아가면 간호사가 입을 비쭉거리면서 흉을 보았다. 선생님이 그저께 그렇게 열심히 설명해주었는데도 이웃집 할머니에게 가서 손끝을 따고 왔다면서, 손끝이 발갛게 부풀어 올랐던데 염증이 생기는 것이 아닌지 모르겠다고 하였다. 그런 말을 들을 때는 절망감에 사로 잡혔다. 그럴 때마다 내 앞을 육중하게 가로막고 있는 벽을 느꼈다.

내 의원 앞에서 난전을 한다는 엄마도 그랬다. 내 눈치를 살피던 아내는 "당신이 옳은 게 맞아요. 그 여편네가 무얼 안다고."라며 내 편을 드는 척하였다. 다시 힐끗 나를 쳐다보다 나서는 "당신, 그럴 때는 엄마를 타박하지 마세요. 그런 것이 아니라고 너무 강하게 설명하면 자기를 무시한다 싶어서 기분 나빠지는 것이 사람이거든요. 엄마 말도 맞네요. 그런 것 같네요. 그러고 치료는 당신 방식대로 하면 되잖아요."라고 했다. 개원한 지 겨우 일주일쯤인데 평판이 나빠질까 봐 걱정해서 하는 말이다. 나는 아내가 눈치를 살피면서 조심스레 하는 그 말도 듣기 싫었다. 덧붙여서 "다른 의원에 가서 놀랐다고 하니까 고개를 끄덕끄덕 하면서 약을 지어주더래요. 당신도 그러면 안 돼요."라고 했다. 나는 걱정 되어서 하는 아내의 그 말도 듣기 싫었다.

개원 연륜이 쌓여가자 나도 고개를 끄덕끄덕하였다는 선배님처럼 마음이 누그러져 갔다. 그러나 민도가 낮아서 질병을 비과학적으로 생각하지만 교육받은 사람이 많아지면 비과학적인 민간 치료는 저절로 없어지리라고 믿었다. 그 후에도 무슨 사명감에 사로잡힌 듯이 설명해 주었다. 그러나 개원의사의 연륜이 5년이 되고 10년이 되어 가도 별반 달라지는 것이 없어 보였다. 달라진 것이라면 내가 예전처럼 열성적으로 그들을 이해시키려 하지 않는 것이다.

신토불이가 유행할 때도 그랬다. 정력제라면서 산골짜기에서 겨울잠에서 막 깨어나는 개구리의 씨를 말리면서 잡을 때도 그랬다. 고등학교 동기회에서 해구신이나 곰 발바닥의 약효를 두고 갑론을박할 때도 그랬다. 대학까지 나온 친구들은 절대로 무지렁이가 아니다. 그런데도 나의 설명을 두고 '과학적이라는 것이 뭔데, 경험에서 진리를 추출해내는 방법을 귀납법이라지 않니, 수천 년의 경험이 축적된 비법인데도 못 믿겠다는 거니, 신토불이란 말을 들어보지 못했어. 신토불이에는 과학적인 논리가 들어 있는 거야.' 반박하는 말이 너무 정연하여 내가 오히려 반론을 펼치지 못할 지경이었다. 민도가 높아지면 그들의 믿음이 무너지리라는 내 기대는 무참하게 어긋났다. 그들의 믿음은 더더욱 단단해져서 깨뜨리기가 더욱 어려워진 것 같다.

나는 나대로 그들의 주장을 절대로 받아들이지 않는다. 말도 안 되는 소리를 지껄인다는 것이 나의 신념이다. 내가 배운 방식대로 두꺼운 벽으로 울타리를 만들어 놓았다. 사람은 누구나 자신의 울타리를 단단하게 쳐놓고 살아가는가 보다. 그 벽은 너무 단단하여 허물기가 쉽지 않나 보다. 그렇다면 우리는 어떻게 살아야 할까?

〈1992〉

소리 없음에

2층 진료실의 내 자리 뒤편에는 눈높이에 꼭 맞게 자란 은행나무가 서 있다. 틈틈이, 아무 생각도 없이 눈을 들어 창 너머로 바라보면 푸른 잎을 수북이 달고 있는 은행나무가 나를 가로막아 선다. 바람결에 흔들거리는 잎들 사이로 언뜻언뜻 하늘도 보인다. 파란 잎이 엉켜 있을 때는 생명이 덩어리져 있는 파란 색만으로 보인다. 이 즈음에는 찬바람이 불어온 탓인지 잎들은 노랗게 변해갔다. 왠지 이럴 때는 노란색만이 아닌, 하나하나의 잎이 보이기 시작한다. 하기야 잎이 많이 성글어진 탓도 있으리라.

문득 인터넷에 올라온 시 한 구절이 생각났다. 나무에 매달려 있는 노란 잎들을 보면 수많은 나비가 앉아 있는 것 같다고 하였다. 푸른 색깔만이 자욱할 때는 전혀 느끼지 못했는데, 노란 잎을 바라보니 영락없이 노랑나비이다. 노란 나비가 가득하게 앉아있다고 생각하니 단순히 잎들이 노랗게 물들었구나 하고 바라볼 때와는 느낌이 아주 다르다.

지난밤에는 천둥과 번개가 치면서 바람도 거칠었고 비도 세차게 쏟아져 내렸다. 비가 그치면 겨울이 성큼 한 걸음 더 다가오리라는 일기예보도 있었다. 시간이 한가하여 무심코 바깥을 내다보다 깜짝 놀랐다. 비바람이 몰아치자 그 많던 나비들이 어디론가 날아가 버리고, 여기저기에는 가지마저 앙상하게 드러난 곳도 있었다.

여전히 바람은 불고 있었지만 창으로 막혀서인지 바깥의 소리는 하나도 들리지 않았다. '소리 없음', 이것이 내 귀가 감지해낸 유일한 소리였다.

오래도록 바라보고 있으니 마음의 귀가 열리면서 듬성듬성한 나뭇잎에서 노랑나비의 날갯짓 소리가 들려왔다. 잎이 아니고, 수많은 나비가 앉아서 날개를 폈다 오므렸다 하는 모습이 마음의 눈에 비치기 시작하면서 그들의 속삭임도 들려오고 있었다.

귀 기울여 보았다. 뚫린 내 귀로 "마리아, 마리아"라는 뮤지컬의 여자주연을 맡은 강효성 씨의 노랫소리가 들려오고 있었다. "내 당신에게 마음을 열겠소. 오직 내 남자인 선한 당신에게 마음을 열겠소." 막달라 마리아가 예수에게 호소하듯이 부르는 노래 소리이지만 청중들은 농아자들이므로 그 소리를

들을 수가 없었다. 그래서 강효성 씨는 그들을 위해 수화를
하면서 노래를 부르고 있었다. 그 소리 없음에도 농아자인 청
중들은 여기저기서 훌쩍거리고 있었다.

　나도 강효성 씨의 노랫소리를 듣고 있었다. 그렇지만 내 눈
에 물기가 서린 것은 노랫소리 때문이 아니고 손으로 노래를
전하는 소리 없음 때문이었다.

　소리 없음 속에서 은행나무는 나에게 속삭이기도 하였을
것이고, 흥겹게 노래를 불러주기도 하였을 것이고, 고통스러
운 절규도 하였을 것이다. 그러나 나는 지금껏 듣지 못하였음
을 조금도 마음 아파하지 않았다. 지난 밤사이에 가지가 드러
나도록 떨어져 버린 잎들을 보면서 갑자기 나도 저 잎들처럼
매달려 있다는 생각이 들었다. 그렇지만 지금의 내 모습이 고
운 모양을 한 나비일까. 아니면, 떨어지지 않으려 기를 쓰면
서 매달려 있는 추한 모습일까. 가늠되지 않는다.

　거동이 불편하여 휠체어에 앉은 채 막내딸의 도움으로 찾
아오는 팔십 할머니가 계신다. 말이라고는 도무지 없다. 진료
가 끝나도 막내딸은 돌아갈 생각도 않고 긴 하소연을 늘어놓
곤 한다. "선생님, 저도 공장에 일하러 다니거든요." "남의 집
에 셋방살이하는데, 엄마는 우리 집에만 있으려고 해요." "언
니는 자기 집도 있고…." "오빠네는 시골에서 잘살고 있는
데…." 하소연을 듣다 보면 끝이 없다. 나는 그냥 "그렇습니
까."를 반복할 뿐이고, 할머니는 아무 표정도 없이 저쪽 벽을

멍하니 바라보고 있다. "오빠 집에 모셔다 드리려고 하면 할망구가 아침부터 밥도 먹지 않아요. 그런 날은 한사코 집 밖에 나가려고도 않고…, 너무 불쌍해서…," 막내딸이 목이 메어 말을 잇지 못하는데도 할머니는 여전히 미동도 않는다.

나는 왠지 막내딸의 하소연보다는 할머니의 말 없음에 가슴이 아팠다. 나는 더 이상 "그렇습니까."라는 말도 할 수 없었다. 할머니의 말 없음 속에는 세월에 묻혀 용해된 숱한 소리가 가라앉아 있을 것이다. 여름 내내 푸른 잎들을 매달고 있다가 이제는 미약한 한 줄기 바람도 이겨내지 못하고 떨어져 내림을 내가 곁에서 지켜보지 않았는가. 나는 할머니도 낙엽이 되어 떨어지지 말고 나비가 되어 날아갔으면 싶다.

막내딸은 "엄마, 제발 좀 아프지 마라."라며 짜증스럽게 말했지만 내 귀로는 엄마에 대한 사랑과 연민을 들을 수가 있었다. 그들이 나가자 진료실은 다시 조용해지고, 나는 창 너머로 고개를 돌렸다. 노란 잎 몇 개가 바람결에 흔들거리고 있었다. 오직 선한 당신에게 즐거운 마음으로 돌아가려 한다는 은행나무 잎의 소리가 들려오고 있다. "나도 낙엽이 되어 떨어지지 말고 나비가 되어서 날아갔으면…" 중얼거려 보았다.

⟨2006⟩

문양역

대구를 가로지르는 2호선 전철은 동서로 길게 뻗어 있다. 서편의 종착역이 문양역이다. 나는 도시의 동쪽에 살고 있으므로 문양역까지는 한 번도 갔던 일이 없다.

7월의 동기회 모임은 무더위를 피하여 야외에서 하기로 하였다. 총무로부터 전화가 왔다. 12시까지 문양역에 내리라고 하였다. 그곳에 모이면 식당 버스가 데리러 온다고 하였다.

전철역이 있는 곳이라고 하면 어쩐지 내 느낌으로는 도시의 냄새가 물씬 풍긴다. 지하철은 바로 현대 도시를 은유하는 상징물이기 때문이다. 나는 팔공산 자락에 있는 식당을 염두에 두고 있었다. 문양역에 모이라고 하였을 때는 조금 의아하였다.

다사역을 지나서면 전동차는 지하를 벗어나서 7월의 햇살이 퍼붓고 있는 지상으로 나왔다. 차창을 통하여 보이는 풍경은 햇살 속에 풋풋한 생기가 뿜어나오는 한여름의 들녘이었다. 멀리 산자락 밑에 몇 동의 현대식 건물이 흐릿하게 보이는 것이 유일한 도시의 잔재라고 할까. 지하철 전동차는 내가 갑자기 낯선 세상을 만나서 어리둥절하게 하는 요술을 부렸다. 산자락에 있는 역사만이 도시의 풍모를 지닌 채 우뚝 서 있었다. 지하철 역사가 풍광과는 어울리지 않아서 낯설었다. 그곳에 서니 마치 꿈을 꾸듯이 환상의 세계 속으로 숨어든 느낌이었다.

역사의 아래층으로 내려오니 더운 열기가 후끈거리면서 덮쳐 왔다. 전동차 안의 찬 공기에 움츠렸던 피부에 물기가 칙칙하게 배어 들었다. 커다란 홀에는 많은 사람이 의자에 앉아서 쉬고 있었다. '여기가…' 나는 두리번거리면서 친구들을 찾았다. 보이지 않았다.

홀의 쉼터에 앉아 있는 사람은 모두가 할아버지와 할머니이었다. 멍하니 앉아서 초점 없이 한 곳을 바라보는 사람도 있었고, 옆의 사람과 이야기를 나누는 사람도 있었다. 그러나 그들 사이에 흐르는 분위기가 조용하고, 착 가라앉아서 무거워만 보였다. 제법 말쑥하게 차려입은 노인도 있었고, 행색이 허름한 분들도 있었다. 그러나 조용하게 앉아 있기에는 모두가 같았다.

어쨌거나 그들 나름의 긴 행로를 지나서 이곳까지 온 것은 틀림이 없다. 그들이 지나온 삶의 여정이 어떠하였는지는 알 길이 없다. 다만 그들의 행색을 미루어서 짐작만 할 뿐이다.

나는 친구들이 보이지 않아서 바깥으로 나왔다. 역사의 마당에는 몇 그루의 큰 나무가 그늘을 만들고 있었다. 시골의 정자를 닮은 건물도 서 있었다. 사람들이 빈자리가 없도록 앉아 있기에는 홀의 쉼터나 다를 바 없었다. 앉아 있는 노인네의 얼굴과 자세를 꼭 같이 닮은 친구들도 여기에 있었다. 반갑다고 손을 번쩍 들어서 환영해 주었다.

눈앞에는 자란 벼들이 검푸른 색을 띠면서 온 들을 가득 메우고 있었다. 들녘의 끝자락에는 녹음으로 뒤덮인 낮은 산줄기가 길게 흐르고, 산마루 위에는 뭉게구름이 유유히 떠 있었다. 유년을 보냈던, 시간 저 너머의 시골 모습이 그대로 펼쳐져 있었다. 지하철의 종착역이 바로 시골의 한가운데라니. 과거로 끝없이 달려가서 내 유년이 펼쳐지는 시간의 끝자락까지 데려다 주다니.

우리는 식당으로 자리를 옮겼다. 문양역에 처음 와 본 내가 신기해 하니까 여기를 잘 안다는 친구는 별다른 일이 아니라는 투로 이야기 해주었다. 요즈음의 지하철은 경로우대증을 가진 노인들이 무임으로 차를 탈 수 있다고 하였다. 집에서 할 일 없이 그냥 시간을 보내는 것보다는 전동차를 타고 이곳까지 오면서 흐르는 시간을 즐긴다고 하였다. 문양역에 특별한 애착이 있어서가 아니고 여기가 종착역이니까 여기까지 왔다는 것이다. 차가 더 가지를 않으니까 문양 역에서 내렸다는 것이다. 그냥 여기까지 와서 아까울 것 없는 시간을 소비하고 있다고 하였다. '그렇구나 기차가 실어다 주는 대로 여기까지 왔구나.'

이들이 동쪽의 종착역인 사월역에 가지 않는 이유는 사월역은 주변에 도시가 형성되어 있어서 마땅히 쉴 만한 곳이 없기 때문이라고 하였다. 노인들이 많이 모이니까 말벗도 생기고, 더러 연애도 한다더라. 친구는 이 말을 하면서 킥킥하고 웃었다. 종착역, 노인, 그리고 인생의 황혼이라는 말들이 연애하고는 도무지 어울리지 않는다 싶어서 웃었을 것이다.

나는 '서쪽 끝'이라는 묘한 생각에 사로잡혔다. 서쪽은 해가 지는 곳이니 죽음을 상징한다. 그렇다면 문양역은 인생의 끝자락에 와 있는 사람들과 상통하는 것이 있다는 생각이 들었다.

지하철의 서쪽 끝에서 만난 문양역 앞은 시골 풍광이 펼쳐져 있어서 나를 유년 시절의 고향 들녘으로 데려다 주었다. 유년은 내 인생의 출발점이 아닌가? 지하철이 끝나는 곳에서 내 인생의 출발점을 만나다니, 끝이 바로 시작을 뜻하는 것인지도 모르겠다.

쉼터에서 멍하니 앉아 있는 노인들이 지하철 전동차를 타고 생활의 현장이기도 한 도시를 가로질러 이곳까지 온 이유는 무엇일까. 유년의 추억을 만나러 왔는지도 모르겠다는 생각이 들었다. 인생의 새로운 출발점을 만나러 여기까지 일부러 찾아온 것은 아닐까. 그 출발점이 데려다 주는 곳이 어디인지는 모르지만, 그곳에는 새로운 삶이 분명히 있으리라 믿으면서 문양역을 찾아왔는지도 모르리라.

나도 문양역에 다시 찾아가 보고 싶다.

〈2011〉

삶은 카니발이 아니다

　사육제는 즐거움의 주간으로 간주되거나 외설스럽고 음탕한 화제를 나누는 기회로 간주되었다. 게다가 사육에서는 모든 무례함이 용인된다.

　빗방울이 후둑거리며 떨어지다 멎었다. 구름 사이로 푸른 하늘 한 조각이 수줍은 듯이 얼굴을 내밀다 이내 감추어버린다. 토요일 오후였다. 그림 사랑회 회원들이 경주의 남산 기슭에 있는 화가의 작업실을 방문하는 날이다. 날씨가 마음에 걸렸지만 모처럼 일상에서 벗어나는 것이 나를 들뜨게 하였다.
　오늘은 흰 바지에 붉은색 반소매 남방을 걸쳤다. 사뭇 흰 와이셔츠에 넥타이를 맨 단정한 차림이어야 한다고 믿으며 살아왔다. 정장을 벗으므로 내 일상을 훌훌 털어버린다는 것이 즐겁다. 아침에 집을 나서면서 아내더러 나이답잖게 붉은 색을 입어도 괜찮겠냐고 몇 번이나 물어보았다. 괜찮다는 아내의 말이 아니더라도 소풍가는 기분이 나쁘지는 않았다.

출발 장소로 정한 법원 앞에 가니 벌써 회원이 여럿이 나와 있었다. 모두가 차림이 가벼웠다. 안과의 이 선생은 기타까지 갖고 왔다. 낯선 얼굴도 여럿 있었다. 신문사 문화부 기자라고 하였다. 전시회를 앞둔 여자 화가도 낯설었다. 낯선 여자들이 동행한다니 더 즐겁다.

부스러기마냥 남아 있는 낙조의 잔광 때문인지 남산의 자태는 흐릿하나마 윤곽은 또렷하였다. 저기쯤서 불빛이 반짝인다. 두 김 화백은 소를 기르던 축사를 빌려서 못질을 하고 페인트칠을 하여 작업실을 만들었다. 화실에 닿았을 때는 이내가 깔리면서 주변의 나무들이 희끄무레하게 어둠 속으로 숨어들고 있었다.

차에서 내려도 아무도 마중을 나오지 않았다. 작업실인 듯한 축사 앞에서 두 사람이 힐끗힐끗 쳐다보기만 한다. 가까이 가서 여기가, 하고 바라보니 바로 김 화백이었다. 그제야 아는 체하면서 "요 아래서 막걸리 한잔하였습니다."라고 했다. 말소리가 흐트러진 김 화백은 몸가짐도 풀어져 있었다.

그는 일어서서 우리를 안내했다. 몇 번 방문해 본 화가들의 작업실 대부분이 그랬다. 화구와 그림들이 어지럽게 흐트러져 있고 캔버스도 무질서하게 놓여 있었다. 현대 추상 계열의 그림을 그린다고 하였다. 약간은 혀가 꼬부라진 소리로 현대라는 오늘의 삭막함과 부조리를 탈출하기 위해 이곳에 작업실을 만들었다고 하였다. 자기의 삶이 바로 탈출구라고 하였지만 술 취함 때문인지, 너무 현학적인 언어 때문인지 쉬이 알아들을 수 없었다.

자기의 그림 앞에 서더니 음탕하고 외설적인 말을 거침없이 하였다. 우리는 아직 현대라는 삶의 울타리를 탈출하지 못한 탓인지 듣기가 거북하였다. 고개를 돌리기도 하고 돌아서서 킥킥거리며 웃기도 하였다. 이렇게 사시면 생활은 어떻게 하느냐고 물어보았다. "생활요, 이 짓을 하려면 일상에서는 탈출해야지요. 생계는 아내 몫이지요." 주저 없이 말하였다.

그의 삶이 설사 나와는 다르더라도 그건 그의 삶이다. 검고 흰 선들이 질서정연하게 그어져 있는 그림이 그의 말마따나 부조리한 세상에 대한 울부짖음일지라도 상투적인 삶의 틀에 매어 살고 있는 나에게는 어쩐지 불안해 보인다.

마당에는 합판에 어설픈 못질을 하여 만든 평상이 앉을 때마다 삐거덕 소리를 냈다. 산언저리라서인지 여름답잖게 시원한 바람이 마당을 휩쓸고 지나간다. 이런 분위기가 나에게 생활을 벗어난 일탈을 느끼게 해주었다. 해방의 기분을 즐겼다. 맥주잔이 오고갔다. 이 선생의 기타 선율이 부드럽게 퍼졌다. 즐거운 분위기는 점점 더 고조되었다. 우리는 축제를 하고 있다. 손도 흔들고, 궁둥이도 흔들고, 상스러운 소리도 하면서 일상의 담을 넘어서 일탈의 행동을 하고 있다. 음치라서 평소에는 부를 염도 않던 노래도 불렀다.

김 화백은 이제 몸도 잘 못 가눈다. 여자들에게 연애를 하자는 둥 집적거리면서 패설적인 언사를 쏟아낸다. 정말 무례하기 짝이 없었다. 우리는 그냥 웃기만 하였다. 왜냐면 우리는 일상과 단절된 축제의 분위기에 젖었기 때문이다.

사순절 때는 가면을 쓰거나 쓰지 않거나 사람들은 과격한 행위와 거친 행동을 거침없이 한다. 길거리의 행인들을 모욕하거나 비밀스러운 것으로 남아 있어야 할 추잡한 사실들을 공공연하게 드러낸다. 사물을 파괴하고 그것이 놓여 있어야 할 장소를 옮기거나 감추기도 한다. 이래도 되는 이유는 축제란 모호한 일상생활의 습관과 규칙을 지키는 타성에서 벗어나는 것이다. 다시 말하면 축제는 기존의 문화 요소들에 이의를 제기하는 것이다.

그래서 우리는 조금은 추잡하고 외설적인 이야기도 웃으면서 하였다. 노랫소리에 맞추어 춤도 추었다. 경주의 남산은 짙은 먹 빛깔 속으로 숨어 버렸다. 산언덕에 울울하던 나무도 모두 어딘가로 빨려 들어가 버렸다. 우리의 일상도 어딘가로 멀리 떠나가 버렸다. 이 몸짓들, 이 아우성들은 아웅다웅 살고 있는 기존의 내 삶에 이의를 제기하는 것인지 모르겠다. 김 화백은 여전히 옆의 여자를 붙잡고 횡설수설하고 있었다. 이제는 우리도 축제를 끝낼 시간이 되었다. 일상으로 돌아오고 있었다. 조금 전처럼 일탈을 마구 웃으면서 받아들일 수가 없었다.

"김 화백 인제 그만 합시다. 좀 조용하세요."

회원 중의 누군가가 한마디 하였다. 목소리가 곱지 않았다. 갑자기 조용해지면서 분위기는 빠르게 일상으로 돌아오고 있었다. 축제가 끝나면 내 삶으로 되돌아가야 한다. 흰색 면바지도 벗어버릴 것이고 너무 곱다고 주저하였던 붉은색 남방도 벗어버릴 것이다. 대구로 돌아오는 차 안에서 나는 '모옴'의 말을 떠올렸다.

인생이란 어차피 살기 위해서 있는 것이지 예술을 위해서 있는 것이 아니다. 인생이 예술에게 소재나 제공 해주기 위해서 있는 것이 아니다. 예술이 인생에 즐거움을 더해 주기 위해서 있는 것이다.

김 화백은 끝없이 축제를 이어가기 위해서 자신의 삶을 살고 있는지 모른다. 그러나 나는 마냥 축제를 위해 인생을 제공할 수는 없었다.

〈1997〉

외딴 방

고람 전기의 매화초옥도나 조희룡의 매화서옥도는 분위기가 매우 흡사하다. 큼직큼직하게 그린 꽃송이를 얼핏 보면 눈송이가 온 천지를 가득 메운 듯하다. 그림에는 초가의 소박함과 창 너머로 보이는 글 읽는 선비의 모습이 한없이 편안하다.

줄곧 공무원으로 보낸 친구가 몇 년 남지 않은 정년퇴임을 꼽으면서 시골에 가서 초가를 지어 혼자 살고 싶다고 하였다. 유난히도 혼자를 강조하는 이유는 가족 중에 아무도 동조해 주지 않기 때문이란다. 마누라까지 콧방귀를 뀌니까 결국은 혼자가 되더라는 말을 누우이 하였다. 덧붙이기를 토종닭 열 마리와 흑염소 두 마리를 뒷산에 풀어 놓겠단다. 얼마나 허황한 이야기인가를 잘 알면서도 토종닭과 흑염소의 표현이 재미있어 그럼, 그럼하고 동조하였다.

나를 얽매고 있는 모든 고리를 끊어버리고 절대 자유를 누리는 일이 오히려 두려움으로 다가온다. 친구도 토종닭과 흑염소로 두려움의 자리를 메우려 하였으리라. 서옥도의 품위 있는 분위기도 친우가 삶의 피로에 지쳐 독백처럼 쏟아내는 말에도 나는 별반 흥미를 느끼지 않는다.

　시골에서 자랄 때는 거처하는 방을 형과 같이 사용하였다. 겨울의 긴 밤에는 뜨뜻한 방의 아랫목에 배를 깔고 누워서 소설책을 읽으며 시간을 보냈다. 형은 불을 켜 두어서 잠을 잘 수 없다고 투덜거렸다. 나는 볼이 부어서 불을 꺼야 했다. 그때의 내 꿈이라면 나만의 방, 누구의 간섭도 받지 않는 나만의 공간을 가지는 것이었다. 그래서 마음껏 자유를 누리는 것이었다. 꿈은 상상 속에서 자리를 잡아 영화에서 본 부잣집 아이의 방이기도 하였다. 소설 속에 본 왕자의 방이기도 하였다.

　집을 떠나 대학을 다닐 때는 하숙방이 나만의 공간을 마련해 주었다. 그렇지만 그 방은 오히려 나를 가두어 두는 닫힌 공간이었다. 일요일이 되어도 텅 빈 호주머니 때문에 갈 곳이 없었다. 빈방에서 뒹굴면서 하루를 보내는 일은 또 다른 구속이었다. 아침이면 책가방을 챙겨 버스에 흔들리면서 학교에 간다. 교실에서 내가 차지하는 자리는 겨우 의자 하나이다. 조그만 이 자리가 광활한 우주에서 나에게 배당된 유일한 공간이다. 이 자리는 내가 낯선 도시에 머물도록 하는 이유이다.

　일요일이면 이 모든 것에서 벗어난다. 만원 버스에서 시달

릴 일도 없어진다. 종일 듣기 싫은 강의를 들어야 하는 고통, 아니 제약도 없어진다. 이날은 시간의 감옥에서 벗어날 수 있다. 가고 싶은 곳에도 갈 수 있다. 그런데도 내 방은 나를 가두어 두는 차꼬가 되어서 나를 답답하게 한다. 사회에서 생활한다는 것은 거대한 기계의 작은 부속품이 되어 맡은 역할을 한다는 것이다. 역할에서 벗어났을 때는 존재가치를 잃어버린다. 이럴 때는 허망해지고 공허하게 느낀다.

감옥을 탈출하듯이 시내로 나가서 동성로를 배회하기도 하였다. 어깨가 부딪치도록 사람들이 홍수를 이루지만 모두가 낯선 사람이다. 외로움만 더해진다. 낙엽이 되어서 바람에다 자신을 맡겨버리는 기분이다. 갈 곳도 없이 그냥 돌아다니면 마음은 더 허해진다. 하숙방을 벗어났지만 외딴 방을 탈출하기는커녕 나 혼자뿐이라는 사실을 더 절감한다.

수련의의 고달픈 생활은 나의 자유를 빼앗았다. 휴가 때는 바닷가에 외딴 방을 얻어 며칠을 보내고 싶었다. 친구가 마련해 준 방은 바닷물이 뜰 앞에서 출렁거리는 초가였다. 돌담과 흙벽과 봉창, 그리고 마당에 정갈하게 깔린 황토에 키 큰 감나무가 서 있었다. 매화만 피었다면 매화서옥도나 다름이 없다. 이 집은 아침부터 저녁까지 비어 있었다. 귀 기울이면 쉼 없이 파도소리만 들려왔다. 첫날 오전은 빈둥거리며 누워 있었다. 오후에는 바닷가를 거닐었다. 하루도 지나지 않았는데 밀려오는 시간으로 지루함만 겹겹이 쌓였다. 무기력함, 권

태로움 때문에 비록 자유를 누리고 있어도 시의 한 구절처럼 가슴 짜릿함은 느껴지지 않았다. 나는 휴가인 일주일을 겨우 반만 보내고 되돌아 왔다. 나만의 외딴 방을 견디어 내려면 나름대로 준비가 되어 있어야 한다.

조희룡의 서옥도에서 봉창을 통해 보이는 선비는 외딴방인 데도 아무런 구속을 느끼지 않는 편안한 모습이다. 온통 눈송이처럼 피어 있는 매화의 뜰이 한없이 고요함을 느끼게 해준다. 시간의 지루함이 아닌 마음의 편안함을 느끼게 해준다. 선비는 책 속에 빠져드는 마음의 여유가 있기 때문이리라. 내가 그 고요함 속에 던져진다면 견디지 못하리라는 생각이 들었다. 빈 공간을 메울 아무것도 없기 때문이리라. 친구의 말마따나 토종닭과 흑염소 두 마리라도 준비해야 하리라.

아옹다옹하더라도 나는 도회지의 이 자리에 나사못이 되어서 박혀 있어야겠다. 나는 외딴 방에서 자유를 느끼도록 길들여 있지 않았기 때문이다.

〈1998〉

뭐하는 짓이고?

밤늦게 서안에 도착한 탓에 아직 잠 속에 묻혀 있는데 모닝콜이 왔다. "서안은 다들 다녀갔던 곳이라서 그냥 지나칩니다. 아침 일찍 버스로 출발하려 하니 모두 그렇게 아시고 준비해 주십시오."라고 하였다. 여행 첫날이면 잠을 설친다. 하루나 이틀 쯤 지나면 잠자리가 익숙해진다. 장거리 버스 여행을 하면서 첫날부터 일찍 나오라고 하였다.

이번 여행은 패키지 투어가 아닌 기획 여행이다. 실크로드의 학술 답사라고 이름을 붙였으니 이 정도의 어려움은 기꺼이 받아들이기로 하였다. 고고학이니 고대사니 하는 것을 대학에서 가르치는 분들의 여행길에 덤으로 끼어 따라 나섰으니 불평은커녕 감지덕지해야 할 처지가 아닌가.

몇 년 전에 서안에서 비행기를 타고 돈황까지 간 일이 있었다. 눈 아래에는 누런 땅이 끝없이 펼쳐져 있었다. 내 고향의 삼릉이나 오릉처럼 푸른 숲이 모여 있는 곳은 오아시스라 하였다. 비행기 창 너머로 저 멀리 흰 눈을 머리에 인 설산이 햇빛 속에서 찬연히 빛났다. 겨우 두 시간 거리였다. 하늘에서 내려다보니 꿈길처럼 아름답다. 비단길이라고 붙인 이름이 하나도 어색하지 않다.

그 비단길을 이제는 버스를 타고 지나가면서 동서양의 찬란했던 문화가 넘나들며 남긴 흔적을 더듬으려 하였다. 길마저 비단이라 이름을 붙였으니 흩어져 있는 문화유산들이야 얼마나 아름다울까? 그러나 아름답지 않았다.

회랑이라는 이름에 걸맞게 좁은 협곡을 비집듯이 뚫고 달려가는 버스 길 양옆은 깎아지른 산들이 줄지어 달렸다. 방금 소나기라도 내렸는지 황토물이 계곡을 채웠다. 가파른 산턱에는 계단밭이 층층으로 만들어져 있어 눈을 드니 까마득하였다. 사람들은 저곳에 어떻게 올라갈까? 농사짓는 일보다 오르고 내리는 일이 더 궁금하였다.

이렇게 험한 곳에서 왜 농사를 지을까? 어리석은 질문에 현명한 대답이 왔다. '먹고 살려고.' 난주까지 가는 길에서 여러 번이나 사람이 쟁기를 직접 끄는 모습을 보았다. 신기하였다. 나는 노교수에게 "저것 좀 보세요. 뭐하는 짓이지요?" 하였더니 먹고 살려고 하는 짓이라 하였다.

난주를 지나니까 대부분이 사막이다. 무척 시원해 보이는 오아시스가 끊어질 듯하면서도 꼬리를 물고 이어져 있다. 이래서 사람들은 이 땅을 버리지 못하는구나 싶었다. 7시간이나 8시간씩 버스를 타고 유적지를 찾아가 보면 주변은 황량하기 이를 데 없다. 황톳산 언저리에 뚫린 큰 굴속에는 거대한 부처님이 당당한 모습으로 계신다. 계곡 저 멀리에는 푸른 나무들이 군락을 이루어서 시원한 정경이다. 마치 신기루처럼 느껴진다. 길가에는 거적때기로 움막을 지어 놓고 복숭아며 멜론을 팔고 있는 농부의 초라한 모습은 부처님과 너무 다르다.

혼자서 중얼거렸다. 살아가기도 힘든 백성들이 부처님에게 저렇게 살이 찌도록 공양을 하였구나.(당나라 부처님은 풍만함이 특징이다.) 무엇을 바라서였을까? 부처님이 내 말을 들었다면 대답 또한 뻔할 것이다. "다 저들이 잘 먹고 살 일이 생길까 봐서 한 짓이지."

열흘이나 걸려서 돈황에 닿았다. 불타는 듯한 햇볕 속으로 유적지라며 여기저기를 기웃거리느라 두 시간이면 닿는 하늘길을 열흘이나 걸려서 닿았다. 아직도 우리의 일정이 끝나려면 일주일은 더 돌아다녀야 한다. 버스를 타고 돌아다니는 황톳길은 하늘에서 내려다 본 비단길과 너무 달랐다.

맥적산석굴과 병령사석굴은 내가 너무 가보고 싶었던 곳이다. 우리나라에서 불교 미술을 공부하느라 옛 부처님을 찾을 때마다 이곳 부처님의 이야기를 하였기 때문이다. 막상 그들

앞에 서서 마주하였을 때는 가슴 울리는 감동이 느껴오지 않았다. 가이드도 처음 오는 길이라고 하였으니 여행길이 고생길이었다. 교통도 불편하였고 음식도 낯설었다. "뭐하는 짓이고?"라는 질문에 고고학 교수님이 씩 웃으면서 "밥벌이에 도움이 된다고 이 고생을 하는 것 아닙니까." 하였다.

그런데 나는 먹고살려고 고생길을 찾아다니는 것이 아니다. 우리 문화의 뿌리가 어떠니저떠니하면서 제법 고상한 척하고 싶은 정신적 허영 때문이 아닐까? 풀포기마저 생명을 유지하기 힘들어 하는 땅에 먹고 살려고, 라면서 쟁기를 끌고 있는 사람을 두고 내가 무엇을 하고 있는지 새삼 묻고 싶어진다.

"뭐하는 짓이고?"

먹고 살려고 하는 짓보다 더 값있는 삶이 있을까?

〈2005〉

제4부

기웃거리며

왕가위의 '손'

　내가 결혼하기 전에 딱 두 번 사랑의 감정을 담은 편지를 여자에게 보냈다. 결혼을 앞둔 아내에게 보낸 것이 그 한 번이고, 다른 한 번은 고등학교 일학년 적에 쓴 연애편지였다. '문학의 밤'이라면서 시낭송을 하는 행사가 있었다. 나는 우리 학교 대표로 나갔다.

　촉광이 흐린 전깃불 아래에 백옥같이 흰 피부를 가진 여학생이 시를 낭송하였다. 낭송한 시의 내용은 하나도 기억에 남아 있지 않지만 얼굴을 바라보고 두근거리면서 느꼈던 황홀감은 잊히지 않는다. 그때부터 나는 마음의 병을 앓았다. 가까운 친구에게 내 마음을 하소하였을 때, "그 애의 어디가 이쁜데?"라며 의아해하던 모습도 떠오른다. 도저히 견딜 수가 없어서 우리 마을에 있는 한 학년 위의 누나를 찾아갔다. "그래, 그럼 편지 하나 써 와, 내가 전해 줄께." 대수롭지 않다는 듯이 아주 가볍게 말하였다. 밤새도록 끙끙거리면서 편지를 썼다. 아마도 열 번은 더 찢고, 다시 쓰고 하였을 것이다. 그 누나에게 건네주었지만 답장은 오지 않았다.

지금도 곧잘 그때의 일을 농담처럼 말한다. 50년이 가까워 오는데도 아직 답장이 없다고 말한다. 그렇다. 따지고 보면 50년이 가까워 오지만 그때의 일이 기억의 자락에서 떠나지 않고 있다.

당시에 수많은 여자애가 있었는데도 나는 왜 유독 그 애에게 마음을 빼앗기고 가슴 설레면서 편지를 썼을까. 편지의 내용이 무엇이었는지는 생각나지 않지만 한 여자애를 선택하여 편지를 쓰게 한 힘은 어디에서 생겨난 것일까. 지금도 분명히 기억하고 있는 것은 유난히 흰 피부를 가졌고, 처음 보는 순간에 내 마음이 푹 빠져버렸다는 것이다.

프로이트와 라캉을 공부하는 모임에서 왕가위가 감독하고, 공리가 주연한 영화 '손'을 보았다. 고급 창녀인 공리가 자신의 옷을 단골로 주문하는 의상실이 있었다. 사장이 몸이 불편하여 견습공인 재단사가 옷을 주문 받으러 공리를 방문하였다. 수줍어서 어쩔 줄을 모르고 서 있는 견습 재단사에게 공리는 숫총각인가를 묻는다. 그녀는 여자의 몸을 모르고 어떻게 여자의 옷을 만들 수 있느냐면서 바지를 내리라고 하였다. 숫총각인 재단사는 부끄러워서 어쩔 줄을 몰라 하지만 바지를 내리지 않을 수 없었다. 고급 창녀인 여주인공은 손으로 재단사의 사타구니에 손을 넣어서 더듬었다.

이때부터 영화는 미묘하게 변화를 거듭하는 재단사의 얼굴을 클로즈업하여 비춰주었다. 울 듯이, 찡그리듯이 온갖 표정들이 교차하였다. 몸을 비틀기도 하고, 얼굴이 일그러지기도 한다. 잠시 얼굴이 환희로 피어나다 다시 일그러지고, 황홀한 모습을 짓기도 한다. 공리는 말한다. 앞으로는 내 옷을 만들 때 이때의 기분을 떠올리면서 만들라고 한다.

나는 이 영화를 보면서 예술 활동을 하는 사람에게, 또는 창작 활동을 하는 사람의 마음이 이러하여야 한다는 생각이 들었다. 이 세상의 모든 여자에게 '나의 마돈나여, 나의 태양이여'라는 문구를 쓴 편지를 보내지 않는다. 가슴을 뜨겁게 달구어 주는 여자에게만이 이런 편지를 보낸다.

이런 문구를 써서 편지를 보낸다면 수취인은 편지를 쓰는 사람에게는 아주 특별한 사람이다. 마음속에 불꽃이 피어오르게 하고, 영감을 주는 사람이다. 마음이 황홀해지고, 감정이 출렁거려야만 이런 편지를 쓴다. 마음이 별로 이끌리지 않는 사람에게 이런 말을 한다는 것은 쑥스럽고, 부끄럽게 느껴진다. 우리가 작품을 쓸 때도 이런 감정 속에 빠져들어야 좋은 작품이 써질 것이다.

고급 창녀의 몸이 망가져 가고 있을 때까지 견습 재단사는 전신전력을 다하여 옷을 만들었다. 죽음을 앞둔 공리가 마지

막으로 재단사를 불렀다. 수많은 남자에게 몸을 맡겼지만 재단사에게는 한 번도 허락하지 않았다. 옷을 부탁하였으나 재단사는 줄자를 가져오지 않았다. '다음에 할까' 공리는 허망한 표정이 되어서 말한다. 재단사는 '손으로 만져만 보아도 몸을 알 수 있습니다.'라고 대답하였다. 여자의 옷을 만드는 재단사라면 여자의 몸을 알아야 한다는 처음 만났을 때의 말에 대한 대답이었을 것이다.

나는 수필을 쓴답시고 20년 가까이나 펜을 끄적거리고 있다. 수필을 쓰는 사람이라면 수필이 무엇인지를 알아야 한다는 말처럼 들린다. 그러나 나는 아직 수필이 무엇인지 알지 못한다. 그렇다고 하여 50년 전과 같은 어린 마음에 타오르던 불꽃도 없다.

한 번도 품에 안아보지 못한 여인에 대하여 재단사는 환상을 가지고 있을 것이다. 기억하는 것만으로도 황홀해지는 아름다움의 존재이었을 것이다. 우리는 환상을 가지므로 세상을 가슴 벅차게 바라본다. 그럴 때만이 예술이 태어난다는 것을 말하는 것이 아닐까?

예술을 자로 재단하여 만드는 것이 아니고, 손으로 만졌을 때 느껴오는 촉감으로 만들어진다. 고등학교 일학년 때에 연애편지를 쓰게 하였던, 여린 가슴 속에 타올랐던 불꽃이 사그러진 지도 까마득하기만 하다. 나는 꿈을 다시 지필 생각도 하지 않는다. 그러면서도 여전히 글쓰기를 하려 한다. 〈2010〉

눈물이 왜 날까?

점심 식사를 끝내고 무료해하고 있을 때에 전화가 왔다.

"당신 시간 있어? 오늘 이선희 콘서트 한대. 우리 구경 가자."

"언제?"

"지금 당장 나와야 해, 낮 공연은 3시부터 이래." 아내의 목소리는 조금 들떠 있었다.

음악 이야기를 하면 내 태도는 늘 시큰둥하였다. 노래는 못 불러도 듣기는 좋아한다는 등의 체면치레의 말도 거의 하지 않는다.

"글쎄, 꼭 가야 해?" 달갑잖아 하는 내 말투에 "그럼, 표를 선물한 사람에게 실례가 되잖아."라며 사뭇 안달이었다. 아내는 선물이라고 하였지만, 사실은 눈치껏 얻었을 것이다. 지난번에도 그랬기 때문이다.

지금 당장 준비하여 나오라는 말을 남기고 전화를 끊었다. 나는 별로 내키지 않았지만 옷을 갈아입고 집을 나섰다. 이것이 이선희의 콘서트장을 찾아간 앞뒤 내막이다. 대중음악계에서는 이름을 드날리고 있는 이미자 콘서트에도 가 보았다. 나훈아의 쇼도 구경하였다. 열광하는 청중에 휩싸여 나도 기계처럼 박수를 쳤지만, 가슴을 울리는 감흥을 느낀 것은 아니었다. 내가 알고 있는 노래를 부르면 반가워서 더 크게 박수를 쳐주었다. 그러나 내가 음악의 바깥에 머물고 있다는 느낌이 지워지지 않았다.

이선희는 온몸으로, 정말 열심히 노래를 부르고 있었다. 콘서트장을 팽팽하게 부풀어 오르게 하는 엄청난 성량과 열정이 뿜어 나오는 몸짓에 나도 모르게 빠져들었다. 앉아 있던 사람들도 모두 일어서서 박수를 치면서 함성을 질렀다. 그때 갑자기 가슴이 찡해지면서 울컥 눈물이 나오려 하였다. 콘서트가 끝났을 때는 그랬던 내가 야릇하게 느껴졌다.

나는 화장실에 간 아내를 복도에서 기다리고 있었다. 내 앞을 중년의 두 여인이 지나가면서 "얘야, 눈물이 날라 카드라."라는 말을 하였다. 뒷말은 더 이상 들리지 않았지만 '눈물이 날라 카드라.'는 말은 여운이 되어서 내게 오래 머물렀다. '나만이 아니었구나'는 생각에 사로잡혀 있으면서, '눈물이 왜 날까?'라는 물음이 떠나지 않았다.

얼마 전에 '1박 2일'이라는 텔레비전 프로를 보고 있었다.

출연자에는 가수들이 여럿 있었다. 마침 그때 '가요차트'의 순위를 발표하고 있었다. 그들도 텔레비전 앞에서 노래의 인기 순위를 지켜보고 있었다. 그러자 1박 2일의 출연자들이 '우와' 하며 함성을 지르면서 MC몽의 어깨를 두드려주기도 하고, 얼싸 안기도 하면서 축하해 주었다. MC몽이 처음으로 가요 차트에서 1위를 하였다고 하였다. 그는 슬며시 일어서 더니 복도의 모퉁이를 돌아가서 벽에 등을 붙인 체 쪼그리고 앉았다. 두 손으로 얼굴을 감싸더니 홀쩍거렸다. 그때도 나는 가슴이 찡해오면서 왈칵 눈물이 나려고 하였다.

왜 그랬을까? 나는 가요앨범에서 1위를 한 노래가 어떤 노래인지도 모른다. 아마도 MC몽에게 이날이 있기까지 긴 날들이 주마등처럼 지나갔을 것이다. 단지 고생 때문만은 아닐 것이다. 좌절도 있었을 것이고, 포기하고 싶은 일도 수없이 있었을 것이다. 무명시절의 설움을 용하게도 견디어 낸 자신이 대견스러워서 눈물이 났을지도 모른다.

그렇다면 나는 왜 눈물이 나는 것일까? 나는 '와이키키 브라더스'라는 영화를 보면서도 가슴 저 깊은 곳에서 울컥하고 감정이 솟구치는 것을 경험하였다. 고등학교에 다닐 때부터 음악에 빠져서 친구들이 4인조 밴드를 결성하고 '와이키키 브라더스'라고 이름 지었다. 4인조 밴드는 생활에 쫓기어 친구가 하나씩 하나씩 떠나면서, 3인조로, 2인조로 추락의 길을 걸었다. 결국은 IMF라는 파고에 휩싸이어 혼자만 남는다. 고향의 초라한 호텔로 내려와서 술손님의 흥취나 돋우는 신세로 전락한다.

사업하다가 부도를 내고 고향으로 도망을 온 친구를 만나서 포장마차에서 소주잔을 들면서 나누던 대화도 가슴 속에 감정이 회오리치면서 나를 아프게 하였다. "그래도 너는 네가 좋아하는 음악을 하고 있잖아."라고 하였을 때이다.

내게 눈물이 흐르게 한 그들은 삶에서 성공을 맛본 사람도 있고, 실패의 늪에서 허우적거린 사람도 있었다. 그러나 하나의 공통점을 가졌다. 자기가 좋아하는 것을 열심히 하면서 살았다는 것이다.

그렇다면, 나는?

고등학교에 다닐 때의 내 꿈은 소설가였다. 그러나 나는 그 꿈을 아주 쉽게 접어버렸다. 솔직히 말해서 삶이라는 것이 무엇인지도 모를 나이에 이미 현실의 생활을 계산하면서 진로를 바꾸어 버렸다. 그리고는 바뀐 길을 뚜벅뚜벅 걸어서 여기까지 왔다. 삶이 비록 나를 만족하게 하였더라도 그 꿈은 미련이 되어서 아직도 남아 있나 보다.

솔직히 말하자면 지금도 나는 소설 한 편만 써 보았으면 하는 염원을 가지고 있다. '딱 한 편만⋯.' 이것이 나의 꿈이고, 위로이다. 이삼 년 전에 내 생애에서 처음으로 소설이란 걸 한 편 써보았다. 그렇지만 마음에 들지 않아서 발표할 계획을 일찍부터 접어버렸다. 그렇더라도 가시나무새처럼 딱 한 번만 울고 싶다는 미련을 버리지 못하고 있다. 이 미련이 치열하게 살고 있는 그들을 보면 눈물을 머금게 하는 것인지 모르겠다.

이선희가 온몸을 바쳐서 부르는 노래에는 그의 영혼이 실려 있었다. 열광하고 있는 저 사람들의 가슴 속에도 숨어 있는 미련으로 솟구치는 눈물을 함성 속에 숨기고 있는지도 모를 일이다.

〈2011〉

서도역

  문학관 답사를 가면 안내자는 으레 그의 작품에는 '민족혼' 또는 '민족 정서'가 담겨있다고 소개한다. 그 말을 들으면 나도 모르게 가슴이 찡해 온다. 설명할 수 없는 신비감으로 다가오기 때문이다.

  청마 문학관에 들렀을 때도 나는 그 뜻을 음미하려 섬들이 흩어져 있는 앞바다를 물끄러미 바라보았다. 청마의 시심에 젖어보고 싶었다. 그런데도 안내자가 힘들여서 설명하던 그의 연애담만 머릿속을 메웠다. 통영에 들르면 나는 청마보다 오히려 초췌한 모습을 한 이중섭을 떠올린다. 가족도 없이 살다가 6. 25전쟁을 맞은 그는 통영까지 흘러와서 잠시 머문 일이 있었다. 시장통에 있는 '복자네 술집'에 들러 몇 시간이고 멍하니 앉아 있었다는 생각을 하면서 나는 저 아래의 시가지로 눈길을 돌렸다. 청마 문학관에서 민족 정서를 느끼지 못한 일이 죄스럽긴 하지만, 왠지 나는 실의에 젖어 있는 사람에게서 인간의 영혼을 느꼈다.

큰 강물이 되어서 도도하게 흘러가는 우리 역사 이야기라는 '토지'의 현장에도 여러 번이나 찾아가 보았다. 문학 모임에서 답사를 갈 때도 동행해 보았고, 방문객이 뜸한 겨울에 아내와 둘이서 들러보기도 하였다. 심지어는 내 딸과 새벽 일찍 최참판댁에 들러 아침 이슬에 젖은 너른 들녘을 내려다보기도 하였다. 최참판댁의 마당에 서면 자연히 소설의 줄거리가 떠오른다. 머슴과 안방마님과 관계라든지, 소녀가 역경을 헤쳐가면서 성공을 거두는 이야기가 아무래도 진실하게 와닿지 않았다. 그러한 모습들이 내 이웃들이 만드는 삶의 애환과는 동떨어졌다는 느낌이 지워지지 않았다. 도도히 흐르는 대하소설일지는 몰라도 현실에서 마주치는 '혼'이라는 생각이 들지 않았다.

최근에 만든 경주의 '동리 목월 문학관'에 가면 선생의 체취가 물씬 느껴진다. 한국 문단을 쥐락펴락하였다는 이야기를 들을 때는 우선 기가 죽는다. 그들을 추종하는 수많은 제자가 칭송을 자료로 하여 기념비로 쌓아 올린 전시물을 보면 문득 박물관에 누워 있는 박제된 미라를 보는 기분이다.

영천 땅을 이웃하고 있는 아화에서 발원한 물이 역사의 자취가 묻어 있는 골골의 물을 모아 경주 고을의 초입으로 접어

들면 남산과 내남 쪽에서 흘러오는 물을 다시 모아서 큰 내를 만든다. 더 아래로 흐르면 암벽을 만나 굽이치는 곳에 애기청소라는 큰 물웅덩이를 만들었다. 이곳이 바로 김동리의 소설 '무녀도'의 현장이다.

내가 어릴 때 무당들이 굿하는 것을 자주 보았다. 둥, 둥, 가슴을 울리는 북소리와 한번씩 혼을 흔들던 꽹음을 내는 징소리가 마음 깊숙한 곳에 남아 있다. 나는 왠지 '민족 혼'이라면 이때 내 가슴을 두드리던 소리가 떠오른다. 애기청소에서 벌이던 굿마당의 사설에는 슬픈 사연들이 많다. '누구네 며느리가 지난밤에 애기청소에 몸을 던졌대.'라는 소문이 돌면 며칠 지나지 않아서 이곳에서 굿을 하였다. 서러운 삶을 줄줄이 풀어내는 사설이 이어졌겠지만 나는 왜 북소리와 징소리만이 내 영혼 속에 간직되어 있는지 모르겠다.

이번 문학 답사는 최명희를 기리는 '혼불 문학관'에 들리기로 하였다. '혼불'이라는 말이 마음을 끌었다. 우리의 땅에 묻어 있는 우리의 슬픈 삶이란 생각이 들었다. '마을 서북쪽으로 흘러내리는 노적봉과 벼슬봉의 산자락'이라는 소설의 초입부가 내가 살았던 고향의 땅을 일깨워 주었다. 내 유년이 묻혀있는 시골 마을의 앞산에는 장군뱅이(뱅이는 봉의 경상도 사투리)라는 봉우리가 우뚝 솟아 있다. 여기서 흘러내리는 산자락의 끄트머리쯤에 고즈넉한 우리 마을이 있었다.

그러나 혼불 문학관은 고즈넉한 시골 마을의 모습이 아니었다. 우람한 문학관이 노적봉과 벼슬봉의 맥을 끊고 있었다. 최명희가 마지막 눈을 감으면서 '혼불 하나면 됩니다.'라고 하였다. 그 말의 의미를 깨닫지 못한 사람들이 작가를 박제하여 지붕이 높은 집 안에 유리벽으로 가두어 버렸다.

'이곳 사람의 만남과 떠남의 애환이 서려 있는 서도역을 마지막으로 찾아보고 오늘의 답사를 끝냅니다. 이 역은 바로 혼불이 타올랐던 현장이기도 합니다. 지금은 기차가 다니지 않아서 녹슨 선로만 지키는 폐기된 역입니다. 인적이 끊어진 지는 오래이지만 혼불을 피워 올렸던 사람들의 역사를 묵묵히 지켜본 증인이기도 합니다. 역 아래 저쪽은 예전에 아랫것들이 살았던 민촌입니다. 우리가 어릴 때만 해도 어른들은 민촌 것들 하고는 조우를 하지 말라 하여 그 마을에는 가본 일이 없습니다. 해방이 되고 세월이 바뀌어도 민촌 것들은 여전히 천대를 받으며 서럽게 살았지요. 그들은 이 마을을 하나씩, 둘씩 떠나갔습니다. 이 역에서 보따리를 싸 들고, 봇짐을 지고 떠나갔습니다. 그리고 다시는 돌아오지 않았습니다.'

나는 설명을 들으면서 그들이 돌아오지 않는 것은 당연하다고 생각하였다. 설움을 받으면서 살았던 이곳은 그들에게는 잊어버리고 싶은 땅일 것이다. 결코 혼불이 타오르는 땅이 될 수는 없을 것이다. 우리가 서도역을 찾아갔을 때는 역할이 끝난 역사는 정적에 묻혀 아무런 말도 하지 않았다.

얼마 전에 도회지에서 젊은이가 서도역이 있는 마을을 찾아왔다. 동네 할아버지에게 옛날에 민촌이라고 불렸던 마을을 찾는다고 하였다. 할아버지는 젊은이를 보고 그 마을은 이미 오래 전에 사람들이 모두 떠나버려서 폐촌이 되었다고 하였다. 그러면서 '젊은이는 그 마을을 왜 찾아'라면서 되물었다.

'우리 아버지의 고향이래요. 그 마을에 돌아가고 싶다고 입버릇처럼 말하였는데, 얼마 전에 그만 돌아가셨습니다. 제가 아버지의 소원을 풀어드리려 찾아 왔습니다.' 그랬었구나. 노적봉과 벼슬산의 산자락에 얹혀 있는 서도역은 역사 속에 저문 일들은 잊어버린 듯이 침묵하고 있지만…, 그 뒤안에는 서럽게 살았던 사람들의 삶이 혼불이 되어서 지금도 활활 타오르고 있었구나.

〈2009〉

흥덕왕릉에서

바람이 소나무 가지를 흔드는 소리를 들으면 왠지 천 년 전의 이야기를 듣는 것 같다. 적막하리만치 조용하다가 갑자기 후두둑하면서 솔잎이 부딪히는 소리와 파도처럼 쏴하는 소리가 묘한 화음을 이루면서 천 년 전으로 나를 데려가곤 한다.

경주에서 자란 나는 유난히도 솔밭을 좋아한다. 산자락이거나, 아득히 들녘이 끝나는 즈음에 소나무들이 검푸른 색조를 띠면서 숲을 이루는 곳에는 으레 고분이 숨어 있다. 옛 무덤을 둘러싸고 있는 솔숲을 가로지르면서 걷다 보면, 왕릉의 탓이긴 하지만 생각이 자꾸 깊어진다. 왕릉도 천 년 세월에 삭아지고 나면 나라의 흥망조차도 작고 가벼운 일들로 만들어 버린다.

경주의 시내에서 한참이나 벗어난 안강 땅에 흥덕왕릉이

있다. 신라의 왕릉이 경주 시내를 벗어나지 않는 곳에 터 잡고 있음에 비하여, 유독 홍덕왕릉만은 멀리 떨어져 있다. 왜 멀리 떨어진 이곳에다 왕을 모셨는지는 알 길이 없다. 다만 내가 상상의 나래를 펼쳐보는 수밖에 없다.

홍덕왕이 왕위에 오른 9세기 초에는 피비린내 나는 왕권 다툼이 벌어지면서 서라벌의 궁궐에는 얼룩진 핏자국이 지워질 날이 없었던 시대였다. 할아버지인 원성왕이 왕위 계승자가 아니면서 왕위에 오른 것은 하늘의 뜻이었다는 전설로만 전해져 오고 있다. 이후에 원성왕의 후손들은 삼촌이 조카를 몰아내기도 하고, 처남이 자형을 자살하게도 하는 골육상쟁을 되풀이하므로 우리에게 인간의 권세란 무엇인가 하는 생각을 하도록 해준다.

홍덕왕의 형님인, 41대 헌덕왕의 왕세자라는 왕위 계승권마저 훌훌 벗어버리고 산골 중이 되어 팔공산의 동화사를 창건한 이가 심지 대사이다. 홍덕왕이 경주를 멀리 벗어난 이곳에다 영원히 쉴 곳을 마련한 이유가 아웅다웅하는 속세의 욕망을 멀리 떠나고 싶어서였는지도 모른다.

서울에서는 눈이 펑펑 쏟아진다는 뉴스가 흘러나오고, 대구에서도 팔공산 능선에 흐릿하나마 흰빛으로 물들이는 첫눈이 내리고 있었다. 추위가 유난히도 매몰차게 몰아치는 날이었다.

홍덕왕릉을 찾아갔다. 몇 번이나 찾아가 본 길인데도 좁은 농로를 몇 번이나 돌아가야 하다 보니 헷갈리기는 첫길 때나 마찬가지이다. 왕릉으로 들어서면 이리저리 구부러지고, 뒤엉키듯이 서로 엇갈려서 서 있는 소나무에 감탄한다. 김원룡 박사가 가장 한국적이라고 말한 자연은 시골 마을을 감싸고 있는 야트막한 산의 등허리와 초가지붕과 그리고 왕릉의 봉분이라고 하였다. 그러나 제멋대로 구부러져 있는 이 소나무들이야말로 배척하기보다는 수용해주는 우리의 정서를 가장 잘 말해주는 우리의 것이 아닐까.

나는 이 왕릉을 들릴 때마다 고적함이 끝도 없이 흐르고 있음을 느낀다. 솔바람과 고적함과 천 년을 말없이 앉아있는 고분이 어우러져 있는 이곳을 나는 무척 좋아한다.

옛 기록에 의하면 흥덕왕은 죽음을 앞두고 먼저 간 왕비 '장화부인'과 같이 묻히기를 바랐다. 왕비를 애모하는 왕의 뜻을 받들어서 왕경의 북쪽 땅에다 합장해주었다는 기록이 전해져 오고 있다. 누구에게서도 부부의 사랑을 방해받지 않을 곳을 찾다보니 이 호젓한 곳에다 보금자리를 만든 것이 아니었을까. 이제야 왕경을 멀리 떠난 이유가 아름답고 애절한 사랑을 가꾸기 위해서였음을 알 것 같았다. 그는 속세의 권세가 얼마나 허망한가를 체험하고 나서야 사랑의 소중함을 깨달았구나 싶어진다.

하늘을 쳐다보니 흰 구름 하나가 유유히 떠가고, 쏴하는 솔바람이 귓전을 울린다. 그리고 다시 적요가 장막처럼 감싼다. 나는 구름을 따라 천 년 전의 세월로 거슬러 가본다. 구름 너머로 신라 왕경이 나타나고, 선덕여왕을 연모하는 지귀가 길가에서 졸고 있다가, 어느덧 내가 지귀의 모습으로 바뀌어진다.

천 년 전에 이루어지지 못하였던 사랑이 천 년을 뛰어넘어 오늘 여기 왕릉에서 이루어진다면…. 어쩌면 신라의 공주님이었을지도 모르는 그녀와 둘이서 손을 잡고 왕릉을 돌고 있다면 여기 잠들고 있는 흥덕왕과 장화부인도 축복을 해주었으리라는 생각이 든다. 둘이서 꼬옥 끌어안고 입술을 맞대어 보면 달콤하고 따뜻함이 온몸으로 흘러내리리라는 생각을 해본다.

쏴하는 바람소리가 다시 내 귓전을 스치면서 꿈을 깨운다. 얼른 정신을 가다듬어 보니 한겨울의 찬바람이 소나무 가지를 흔들고 있을 뿐 여전히 적요하기만 하다.

그래도 가슴에는 사랑 하나만은 담아두고 싶구나.

〈2008〉

138

복자네 술집

갯내음이 풍겨오는 항구 도시의 좁고 꾸불텅한 골목 안 어
디쯤에 있었던 술집이라고 하였다. 골목 안 어디쯤이라는 이
술집을 통영을 찾아오는 외지 사람들이 심심찮게 물어온다고
하였다.

육이오 사변 통에 통영까지 떠밀려온 환쟁이 이중섭이 이
곳 해변 도시에서 3개월 쯤 머물면서 단골로 다니던 술집이
라고 하였다. 반세기도 더 전에 떠돌이 환쟁이가 잠시 머물면
서 몇 번 들린 술집이 여태까지 있을 리도 없겠지만, 기억하
는 이곳 사람도 없다고 한다. 그래도 그 주점은 이중섭을 좋
아하는 사람들에게는 환상의 섬이 되어 통영의 골목 안을 유
령처럼 떠돌고 있다.

통영은 남해안의 깊숙한 곳에서 외지 사람들을 외면하듯

돌아앉아 있는 포구이다. 지금도 찾아가기가 수월한 곳이 아니다. 바닷가의 도시들이 모두 그렇듯이 좁은 골목길에 잇대어 있는 처마들이 낯선 사람들에게도 고향 마을 마냥 정겹게 느껴진다.

복자네 주점은 엷은 창유리 너머로 파도소리도, 뱃고동 소리도 들리어 오는 허름한 술집이라고 하였다. 꿈만 좇으며 살아 가다가 허망하게 사라져 간 자유인 이중섭이 자주 찾았던 술집이라면 굳이 이중섭을 좋아하지 않는 사람이라도 호기심을 가질 만할 것이다.

나는 얼핏 통영과 이중섭은 참 잘 어울린다는 생각이 들었다. 이한우가 해방 전후에 그린 통영 포구는 바다에 연하여 초가들이 줄지어 있었다. 초가들 사이로 난 골목길 어딘가에 있었을 술집을 찾아가는 이중섭의 모습과 무척 어울렸으리라.

이중섭은 가족들이 있는 일본을 떠나 와서 전쟁으로 몹시 피폐해진 이 땅에서 이리저리 유랑하였다. 고독을 달래려 술에 절어 살았던 사람이다. 그의 삶과 그림을 보면 내가 도저히 다가갈 수 없는 먼 곳의 사람으로 느껴진다. 우리는 사랑으로 색칠이 되어 있다는 가족이 오히려 올가미처럼 다른 가족의 삶을 옭아매고 있다는 생각을 하기도 한다. 그래서 자유롭게 살았던 이중섭을 부러워하는지도 모른다.

헝클어져서 덥수룩한 머리에, 수염도 깎지 않아 꺼칠꺼칠한 얼굴을 하고, 살아가기 위해 일하고 있는 친구의 사무실을 아침부터 찾아와서 아무 말도 없이 앉아 있기만 했다는 이중섭…, 어느 문인이 남긴 글이다. 그런 이중섭을 생활에 바쁜 우리는 어떻게 받아들여야 할까.

복자네 주점은 목로주점처럼 서민들이 찾아와서 시끌벅적하게 떠들며 술을 마시던 곳이었다. 목로주점의 제르베르에게처럼 복자에게 치근대는 술꾼도 많았을 것이다. 그러나 내가 알고 있는 이중섭이라면 말 한마디 없이 복자를 물끄러미 바라만 보면서 술을 마셨을 듯하다.

이중섭은 어느 곳에서도 머물지 못하고 떠돌아다니면서 술로써 철저하게 자기를 파괴한 사람이다. 나는 한 번도 내 가족을 훌쩍 떠나서 자유롭게 살아 본 일이 없다. 세상사의 모든 인연을 끊고, 술로써 하루하루 자기를 죽여 가는 삶을 산다는 것은 꿈도 꾸어 본 일이 없다 그래서 나는 결코 이중섭이 될 수 없다는 것을 잘 알고 있다.

그런데도 낯선 포구의 골목 안에 있는 술집을 찾아가는 술꾼의 모습이 어찌하여 내 그리움 속에 자리잡고 있을까. 그 술꾼의 꾸부정한 등허리에 밤의 어둠처럼 내려앉고 있는 죽음의 그림자가 우리를 유혹하고 있는 것은 아닐까.

그리움 속에서 복자네 술집을 찾고 있는 우리에게 에로스보다 더 강한 힘으로 유혹하는 것은 무엇일까?

〈2006〉

22222

　칠월 초닷새는 아내의 생일이다. 달력에 명기조차 되어 있
지 않은 음력 날짜를 기억해 두었다가 그날에 맞추어서 아내
에게 알은 채 해야 하는 일이 어디 쉬운 일인가. 처음에는 해
마다 잊어버렸다. 그리고는 뾰로통해진 아내를 달래려 다음
부터는 절대로 그런 일이 없을 것이라고 맹세하였다.

　솔직히 말해서 까맣게 잊어버리고 지나쳐버린 해에도, 내
가 당신을 끔찍이도 사랑하는 걸 알아달라는 듯이 "당신 오
늘 생일이지,"라고 호기를 부리는 해에도 하나 다르지 않게
해는 동쪽에서 시간에 맞추어 떠오르고, 서쪽으로 지곤 하였
다. 그러다가 내게도 꾀가 생겼다. 새 달력을 벽에 거는 날에
아예 칠월 초닷샛날에 동그라미를 그려 둔다. 그 이후로는 내
마음은 그렇지 않았는데도 날짜가 까탈이 되어서 곤혹스러움

을 겪는 일이 없어졌다.

아침의 출근길에 "오늘이 당신 생일인데 저녁은 밖에 나가서 할까?"라고 운만 떼면 된다. 십중팔구는 대답이 뻔하기 때문이다. 나가는 일도 이제 귀찮다고 한다. 그래도 한 번 더 권해본다. 그러면 "됐어, 저녁을 먹은 거로 하지 뭐."라고 한다. 이런 대화도 되풀이하다 보니 요즘은 별다른 성의도 없이 그냥 타성에 젖어 "외식이라도…."라고 말한다. 그러고 나면 달력에 동그라미를 그려둔 날이나 그렇지 않은 날이나 하나도 다르지 않게 시간이 이어진다. 아내의 투정이 없어지고 나서는 시간이 우리에게 어떤 의미로 새겨져있는지는 관심도 없이 살아가고 있다.

출근길은 여전히 차들로 막혀서 거북이걸음이다. 이럴 때는 지루함을 달래려 옆 차를 곁눈질하여 보기도 하고, 바닥을 드러낸 신천으로 눈길을 돌리기도 하고, 쓸데없이 자동차의 계기판을 훑어보기도 한다.

"어! 이것 봐." 거리계기판에는 22222라는 숫자가 나열되어 있었다. 아내는 아내대로 무슨 생각을 하고 있는지 멍하니 바깥을 바라보고 있었다. 내가 갑자기 무슨 경천지동할 일이라도 생긴 듯이 소리를 지르니까 흘깃 바라보고 나서 나와는 다르게 차분한 목소리로 "그러네." 하였다.

나는 운전을 하는 짬짬이 계기판을 훔쳐보면서 2자 다섯 개가 나란히 나열하는 순간을 기대를 담아서 기다리고 있었다.

방금 0자가 사라지고 1자가 올라왔다. 아마도 신천 대로를 빠져나가기 전에 다섯 개가 나란히 병렬할 것 같았다. 내가 그 순간은 뭔가가 분명 달라지리라고 믿고 있는 것은 아닐까. 아니 기대를 하고 있음이 분명해 보인다.

그 순간은, 그렇지 시간도 똑 같지는 않을 것이다. 틀림없이 우리에게 깊은 의미를 주거나 성스러움을 전해주는 시간이 있을 것이다. 그런 시간이 어떻게 무의미하게 흘러가는 평소의 시간과 같단 말인가. 나는 지금 그 시간을 기다리고 있는 것이다.

우리는 시간의 그물에 갇혀서 살고 있다. 아무리 몸부림쳐도 벗어날 수가 없다. 시작도 없이 어떻게 끝이 나는 줄도 모르는 시간의 벽 속에 갇혀 살아가면서, 그 벽을 깨뜨릴 생각도 하지 않는다. 바란다면 시간이 저 스스로 음덕을 베풀어서 잠시나마 해방감을 느끼게 해주기만을 기다리고 있다고 할까. 그래서 우리는 특정의 시간에다 의미를 부여하고 싶어하는지 모른다. 그 순간에는 시간의 올가미에서 벗어날 수 있을까 싶어서….

곧 맨 뒤쪽의 1자가 서서히 사라지면서 그 자리를 2자가 메웠다. 순간 짜릿한 느낌이었던 것도 사실이었다. 그 순간에 내 차는 신천대로의 지하차도를 달리고 있었다. 마침 앞 차가 속력을 내자 나도 속도를 높이면서 그 차를 따라갔다. 2자가 다섯 자리를 병렬해 있으면서 아직은 움직이지 않고 있다.

그러는 사이 차는 다시 칠성시장 옆의 고가도로 위로 올라갔다. 회색의 칙칙한 시멘트벽은 그저께나 조금 전이나 그리고 지금이나 여전히 똑같은 모습으로 내 시야를 가득 채우고 있다. 신천 바닥이 더 드러난 것이 '2'라는 숫자가 다섯 자리를 모두 채우지 않았던 그저께와 다르다고 할까.

이제는 속력이 더 빨라진 탓인지 끝자리는 금방 3자로 바뀌었다. 그 순간에는 뭔가가 허전했다. 그게 전부였다. 여전히 차의 흐름에 밀려서 내 차는 신천대로 위를 달리고 있었고, 시멘트벽은 칙칙하기만 하였다.

하느님이 이 세상을 창조하실 때에 시간은 언제 창조하였을까. 창세기에 시간 창조의 이야기가 나오는지 기억나지 않는다. 아닐 것이다. 시간은 우리 인간에게 네가 직접 만들라면서 위임장을 써 주었는지 모르겠다.

내가 의식하지 않으면 시간은 존재하지 않는다. 나의 의식 밖에 머무는 시간은 내게 아무런 의미가 없다. 그리고 보면 시간은 내가 의식하는 순간에 태어나서 나와 더불어 이 세상을 살아가고 있는 것인지 모르겠다.

시간이 나를 옭아매는 것이 아니고, 내가 시간을 만들어서 그 속에 갇혀 살고 있을 뿐이다. 아내의 생일도 나를 옭아매기 위해 내가 만든 시간이다 어느 사이에 3자는 다시 4자로 바뀌어 있었다. 세상은 조금도 바뀌지 않고 그대로 있었다.

〈2004〉

감각의 제국, 그 벽 속에서

오늘은 혼자서 집을 지켜야 한다. 오늘 아침에 아이와 아내는 무척 미안하다는 얼굴을 하고 집을 나서면서 저녁에 들어오지 않는다고 하였다.

일찌감치 저녁을 챙겨 먹고 텔레비전이나 보고 있으려니 시간이 지루하였다. 비디오 가게에 가서 영화나 한 편 빌릴까. 일본 영상물이 개방된다고 할 때 언론에서 가장 많이 다룬 것이 나생문羅生門과 감각의 제국이었다. 예술성 운운하면서 의미가 있는 작품이라고 하였다. 시시한 오락물보다는 예술성이라고 하면 가치 있는 작품으로 느껴진다. 그런 영화를 감상하면 내가 한결 더 고상해진다는 생각을 한다. 따지고 보면 지식인이고, 상류층인 척하고 싶은 허영일 텐데도 나는 곧잘 이 병을 앓는다. 솔직히 말하자면, 예술성이 있다는 영화를 보면 졸릴 때가 더 많다.

  나생문은 몰라도 감각의 제국은 이미 그전부터 빌려보고 싶었다. 포르노에 가까운 에로물이라고 떠들었기 때문이다. 지금껏 빌려보지 못한 것은 아이들 때문이다. 어느 자리에서 보고 싶어도 아이 때문에 보지 못한다고 말했다. "아이구, 원장님 아이들이 몇 살이나 되는데요. 그 나이면 알 것은 모두 알아요. 그 정도는 포르노로 취급하지도 않아요."라고 하였다. 나도 알고 있다. 솔직히 말하자면 내가 이 영화를 보다가 아이에게 들키면 내 체면이 구겨질까 싶어서라고 하는 것이 맞는 말이다.

  어쨌거나 오늘 저녁은 둘도 없는 좋은 기회이다. 비디오 점에 가니 손님은 나 혼자뿐이었다. 일부러 영화 제목을 정확히 기억하지 못한 척하면서 "그 왜 있잖아요. 일본 영화인데 포르노에 가까운데 예술적으로는 굉장히 호평을 듣는다는 영화 있잖아요?"라며 애써 예술적이라는 데 힘주어 말하였다. 주인아저씨는 아무런 표정도 없이 "감각의 제국 말이지요?" 하였다. 주인은 정말 나를 두고 속물로도, 품위 있는 인간이라는 따위의 평가는 내리지 않았다. 장삿속으로만 나를 대하였다. 공연히 나 혼자서 누구에게 쫓기기나 하듯이 허둥거렸다.

  에로물에 대한 짜릿한 느낌과 동시에 어떤 영화일까 하는 호기심으로 영화를 보았다. 정말 매스컴에서 호들갑을 떨 만도 하겠구나 싶었다. 성희 묘사보다는 처마를 들춰보는 장면에서 더 짜릿함을 느꼈다. 이 영화의 장면 중에서 걸레질하는 여주인공의 뒤에서 남주인공이 치마를 슬쩍 들칠 때 그 아래로 드러나는 허연 속살이 나를 묘한 감정 속으로 빠지게 하였다.

영화란 본래 그렇듯이 처음에는 가볍게 시작하였다가 점점 더 노골적인 표현을 서슴지 않았다. 영화가 진행할수록 성행위에 대한 표현도 너무 리얼하였다. 그러나 처음에 보여준 은근한 표현이 더 자극적으로 느껴졌다. 그래서 더 좋았다. 너무 일찍 노골적인 묘사를 하다 보니 결국은 성행위의 표현이 되풀이, 되풀이 하는 것으로 영화가 펼쳐졌다. 마침내는 성행위가 무의미한 반복으로만 느껴질 뿐 짜릿함이란 이미 맛볼 수 없었다.

에로물이라는 값싼 영화도 무언가 의미를 담는 척한다. 사장에게 성착취를 당하는 공장의 여공을 다룬다. 아니면 세상을 살아가기 위해 성을 파는 여성을 표현하면서 부조리한 세상을 고발한다. 영화는 으레 이런 식이다.

이 영화도 그런 의미가 있을까 하여 의미를 읽어내려고 머리를 갸우뚱거려 보았지만 도무지 의미가 읽어지지 않는다. 끊임없이 되풀이하는 성행위를 보는 것도 인내심을 요구해야 할 지경이다. 예술 영화일수록 깊은 의미를 상징적으로 담는다. 이 영화도 예술성이라는 낚시에 걸려서 으레 의미가 있다고 지레짐작을 하였기 때문이리라.

아하! 그렇구나. 의미 없는 성행위의 반복이 의미이구나. 성과 쾌락, 그것도 우리 인간이 세상을 즐겁게 살아가는 방법이 될 것이다. 순간적으로 몰입할 수 있는 강렬한 쾌감이 성행위보다 더한 것이 어디에 있겠는가? 인생을 즐겁게 하는 방법이 아니고 성행위가 바로 목적이 되면 어떻게 될까? 여자 주인공은 성에 탐닉하느라 감각의 벽 속에 자신을 점점 더 깊이 가두어 버린다. 마침내는 파멸한다.

성은 자체가 목적이 아니고 인생을 윤택하게 하는 방법이 된다면 나쁜 것도 아니라는 생각을 하였다. 나처럼…. 나는 포르노에 가까운 영화를 빌려와서 히죽거리며 보는 것을 합리화 하느라 '나처럼'이라고 하였다.

하기야 벽 속에 자기를 가두어 두고 파멸로 이끄는 것이 어디 성뿐이겠는가? 돈의 벽도 있고, 권력의 벽도 있다. 더러는 애정 놀이의 벽에 자신을 가두기도 한다. 살아가는 방편이 아니고 목적이 될 때는 모두가 마찬가지이다.

영화가 끝나자 부리나케 비디오점에 되돌려 주러 갔다. 주인이 왜 이리 일찍 갖고 왔느냐고 하였다. 우리 아이가 볼까 싶어서라고 답했다. 사실은 아이에게 내가 이런 영화를 보는 것을 알리고 싶지 않아서였다. 아이에게만은 성인군자처럼 보이고 싶어서였다. 위선이겠지만 지금껏 그렇게 살아왔기 때문에 오늘도 나는 우리 가족과 탈 없이 살고 있다.

〈2002〉

〈작가론〉

부드러움의 미학
- 이동민의 수필세계

허상문 | 문학평론가, 영남대 교수

1. 부드러움의 존재방식

소아과 의사이면서 수필가로 활동하고 있는 이동민의 문학
세계는 그의 삶의 이력만큼이나 이채롭다. 그는 《떠내려간
고향》(1994), 《지금, 우리가 사는 세상은》(1996), 《우리 시대
의 이야기》(1999), 《감각의 제국, 그 벽 속에서》(2003), 《뭐하
는 짓이고》(2006), 《잘 사는 게 뭐지》(2012)와 같은 수필집을
연이어 발표하고 《수필, 누구를 쓸 것인가》와 같은 수필평론
집으로 문단의 주목을 받았다. 여기서 그치지 않고 그는 자신
의 전공을 살린 육아서 《우리 아이는 잘 자라고 있는가》를 펴
내고, 더 나아가 불교 유적을 답사하며 토속신앙의 흔적을 찾
아내 《우리 고을 지킴이 팔공산》이라는 책을 내는가 하면, 동

서양 미술과 문화에 대한 집필과 강연을 하고 있다. 오늘날 우리는 서로 다른 학문적 영역을 한데 묶어 새로운 통합을 이룬다는 의미에서의 범학문적 연구 태도를 '통섭'이라는 의미로 사용하고 있거니와 이동민의 지적 편력은 바로 이 경우에 해당한다고 할 수 있다.

그런데 이동민의 삶과 문학의 세계에 있어서 우리가 보다 주목할 만한 것은 그가 상이한 학문적 영역을 폭넓게 넘나든다는 사실 그 자체보다도 그의 삶과 문학에 일관되게 흐르고 있는 부드러움의 미학이다. 거칠게 말해 미학이란 미에 대한 인식을 이룸으로써 삶을 윤택하고 아름답게 영위할 수 있도록 이끌어 주는 학문적 태도이다. 따라서 개인적이든 집단적이든 인간이 이룩해 놓은 모든 미적 영역 속에는 나름대로의 미학적 태도가 알게 모르게 존재하면서 일정한 사고와 인식의 흐름이 이루어지게 된다. 이동민의 경우, 삶과 문학에 있어서 언제나 부드러움의 인식과 태도가 묻어나온다. 이동민의 삶과 문학에 대한 태도가 부드러움의 미학을 지니고 있다고 말하는 것은, 자칫 그의 삶과 문학이 획일주의·공식주의·순응주의에 기초하고 있다고 들릴 수 있지만 반드시 그런 것만은 아니다. 우리가 흔히 부드러움을 이야기할 때 견고함이나 강건함과는 반대의 의미로 유약함이나 연약함 혹은 순응주의를 이야기하기 쉽지만, 이동민은 오히려 순응을 통하여 저항을, 부드러움을 통하여 강건함을, 빈궁함을 통하여 윤택함을 지향하고자 하는 태도를 취한다. 그런 의미에서 이동민의 삶과 문학에 대한 태도는 다분히 노자老子의 철학을 연상시킨다.

널리 알려진 바와 같이 노자는 개인의 인격과 인간사회의 아름다움은 부드러움과 너그러움이라는 덕목에 의해 구현될 수 있는 것으로 여겼다. 인간의 도리란 흰 종이에 물이 스며들듯이 부드러운 모습으로 상대방의 마음속에 젖어들게 하는 것이라고 생각했으며, 이런 인식에 기초하여 노자는 부드러움을 지키는 것을 강함이라 생각하고 부드러운 것이 강한 것을 이긴다고 주장하였다. 예컨대 천하에는 물보다 부드럽고 약한 것이 없지만, 딱딱하고 강한 것을 공격하는 데 있어서 물을 당해낼 수 있는 것은 없다고 말한다. 마찬가지로 노자에게 있어서 부드럽고 약한 것은 생명의 상징이며 딱딱하고 강한 것은 소멸과 죽음의 상징이다. 그래서 노자는 인간을 비롯한 만물이나 초목들도 살아 있을 때에는 부드럽고 약하지만 죽고 나서는 말라서 딱딱해진다. 노자가 말하는 부드러움의 철학은 곧 살아있는 아름다움을 추구하게 만드는 것이며, 인간 삶에 있어서 행복의 조건으로서의 '아름다운 삶'의 근원은 바로 부드러움에서 찾아질 수 있다는 것이다.

노자의 이런 철학적 인식은 이동민의 수필세계를 살펴보는 데 있어서도 대단히 유효한 인식틀로 작용할 것으로 보인다. 이동민의 수필에는 언제나 자상하고 차분한 어조로 삶과 인간을 가능한 한 따뜻이 감싸 안으려는 부드러움이 골고루 용해되어 있다. 오늘날과 같이 문학과 삶의 모든 부면에서 거칠고 힘 있는 목소리를 내면서 자신들의 견해와 주장을 피력하는 관습에서 보자면 이런 부드러움은 낯설기조차 한 것이지만, 조금만 유의해서 살펴보면 그의 이런 노력은 삶과 문학을 열린 지평에서 이해하고자 하는 태도임을 알 수 있다. 말하자면 이동민의 수필이 드러내는 세계관은 무언가를 소유하고 쟁취하기 위해 노력하는 것이라기보다는 그야말로 마음을 비워두고 참고 견뎌내는데 익숙한 모습을 보여주고 있다. 삶을 대하는 이런 작가의 태도는 적극적이고 능동적인 욕망의 논리가 아니라 다소간 수동적 자세에서 삶을 관조하고 버티어내어 마침내는 이를 조응시켜내는 것이다. 아울러 이 같은 부드러움의 미학은 그 자체가 소통 불가능한 타자라고 할 수 있는 현대적 삶을 관통해야 하는 작가가 간직해야 할 중요한 미학적 존재방식이라고 할 수 있을 것이다.

2. 부드러움의 힘과 깊이

일반적으로 사람들은 외면적으로 드러난 형상에만 주목하기 때문에 모습이 없는 것에는 관심을 두지 않는다. 노자의 말대로 모든 형상은 무無에서 창조되는 것이며, 이 세상의 만물은 무에서 생겨나는 것이라는 사실을 사람들은 인식지 못하고 있는 것이다. 형상과 소리가 없어서 경험할 수도 없고

언어로 표현할 수도 없는 것이 무이지만, 천지만물은 그로 말미암아 생성하고 소멸한다. 그런 측면에서 보면 그것은 무가 아니라 유有이다. 따라서 이 세상의 모든 형상이 저마다 제 값어치를 다하려면 존재함은 물론 '비어있음'이 함께 적절한 조화를 이루어야 한다.

이동민의 작품을 읽으면서 우리가 일차적으로 받게 되는 느낌은 그는 일상적 삶에서부터 철저하게 '비어있음'의 가치와 효용을 존중한다는 사실이다. 이러한 모습은 규격화되고 제도화된 가정이라는 울타리와 그 속에서 몸담고 살아가는 가족에 대한 사랑에 이르기까지 일관되게 나타나고 있다. 그는 집안에서 가족들 간의 갈등이 있을 경우 철저하게 "나마저 풍랑을 일으킨다면 우리 집은 또 얼마나 흔들릴까 싶어 조용조용히 바람을 죽이고 있다."(〈바람이 일고〉)거나, 아내가 집안에 없는 날에도 "텔레비전이나 켜 놓고 아내가 돌아오기만을 무료히 기다려야겠다. 우리 모두가 잊고 있지만 나의 허한 마음을 채워주는 것은 아내뿐이라는 것을 다시 한 번 깨달으면서 기다려야겠다."(〈아내가 없는 날〉)는 다짐을 한다.

오늘날과 같이 핵가족화된 가정에서와 달리 이동민의 삶에서 가정과 가족에 대한 연대는 너무나 깊고 끈끈하다. 그의 작품에서 빈번하게 등장하는 아내, 아들과 딸, 장모라는 가족들은 서로 의지하는 연대의 끈으로 얽매인 혈연들이다. 우리 문학사에서 가족 서사는 너무나 진부한 주제여서 가족문제를 다루지 않은 작가가 없을 정도이지만, 이동민의 수필에서 이같이 진부한 주제는 단순한 소재로서가 아니라 저마다 다른 색채를 지닌 채 꿈틀댄다. 가족관계에 의한 인물들의 연대는 갈등과 대립을 거듭하는 가운데에서도 특유의 인간다움과 따뜻함을 형성하는 요소로 작용한다. 가족들과의 깊은 유대 속에서 이루어지는 이들의 사랑은 사회학자 J. 살스비에 의해 이야기된 바와 같은 '낭만적 사랑'의 모습을 보여준다. 〈꿈이 지워진 자리에〉에서 성장하며 변화해가는 아들의 모습을 바라보면서 "내 아이도 자기의 가족을 거느리고 건사해야 할 때면 또 어떻게 바뀌어 갈까? 철이 든다는 뜻이 온갖 꿈을 지워버리는 것 같아 못내 가슴이 무겁다."고 염려하듯이, 낭만적 사랑은 봉건적인 가족제도의 굴레로부터 벗어나 근대적인 가정을 이루는 과정에서 더욱 강렬하게 요구되는 것인지 모른다. 자본주의 사회의 속성과 같이 가족은 철저하게 개인화되고 이기적인 이데올로기를 간직하고자 하는 것은 당연한 일이다. 그래서 자본주의사회에서는 붕괴되어가는 가족제도의 존속을 위해 가족애에 바탕 한 낭만적 사랑은 더 크게 요구되는 것이다. 가족과 가정을 벗어나면 자신의 존재가 사라질 것 같고 그러면서도 가정 안에서 안주하지 못하는 불편함과 연약함 속에서 작가는 가족주의와 그 일상성에 의해 깊은 딜레마에 빠지게 된다. 이러한 태도는 그의 일상성에 대한 존중에 의해 더욱 강화된다.

이동민의 수필 전반에서 가정과 가족이라는 굴레에서 이루어지는 일상성은 철저하게 존중된다. 그는 아내와의 갈등이 있을 때에도 언제나 "사람은 자기가 사는 방식을 바꾸지 않는다. 그렇다면 눈감아 주는 방법밖에 없다는 것을 깨달았다고 해두자. 마찬가지로 내 또한 남이 사는 모습이 못마땅하더라도 모른 척하고 살아간다."(〈귀신이 나오는 방〉) 또한 그의 삶은 언제나 많은 일상적 일거리에 사로잡혀 있다. 역사에 기록으로 남지 않은 시간이야말로 인류가 행복했던 시간이라는 어느 역사가가 말대로 이동민의 일상은 아내의 잔소리로부터, 불안했던 마음을 짜증으로 감추려 하였던 속셈까지. 그리고 CT 촬영을 하자는 말을 들었을 때의 암담했던 마음과 머릿속을 빠르게 지나가는 숱한 일들로 가득 차 있다. (〈내가 행복한 시간〉). 이렇게 이동민의 많은 수필에서 가족과 가정을 바탕으로 이루어지는 일상사는 작품의 가장 중요한 소재가 된다. 싫든 좋든 가족관계에 함몰해 있으면서도 그 가족주의를 넘어서는 힘은 어디에서 나오는 것인가. 이동민의 삶을 추동하는 것은 부드러움의 힘이며 깊이이다. 그는 부드러움의 힘을 통하여 균형과 조화의 삶을 이루고자 한다. 가족들 사이의 갈등과 가정에서의 힘든 일들을 당면할 때마다 그는 놀라울 정도의 균형과 조화의 정신으로 이들을 해결해나간다. 이런 의미에서 이동민의 세계관은 다분히 고전주의적 성격을 지니고 있다고 할 수 있다.

서구의 고전주의자들이 삶과 문학에서의 질서를 위하여 무엇보다 강조했던 것은 균형과 조화의 정신이었다. 예컨대 대표적인 고전주의자 알렉산더 포프는 균형을 이룬 삶을 가장 중요한 이상으로 추구했다. 포프가 강조하는 균형은 부분들의 적절한 조화를 전제로 한다. 어떤 부분은 나머지 부분들과 조화를 이루어야 전체적으로 아름다움이 생겨난다고 보았기 때문에 조화는 전체 속의 부분 강조를 통하여 이루어지고, 균형은 다양성 속에서 질서를 이루는 가운데 생겨나는 것이라고 생각했다. 이런 균형과 질서를 유지하기 위해서 무엇보다 중요한 힘은 부드러움이라고 포프는 주장하였다.

　물론 고전주의의 미덕이었던 균형과 질서를 위한 부드러움의 가치를 이동민의 수필세계에 그대로 적용하는 것은 무리이지만, 그의 문학세계에서 부드러움의 힘과 깊이가 다양하게 나타나고 있는 것은 분명하다. 이동민의 수필에서 고향에 대한 기억이 자주 등장하는 것도 이와 무관치 않다. 그의 수필에서는 고향과 어머니에 대한 기억, 아버지의 상실은 지속적으로 나타나면서 작품의 또 다른 중심주제가 된다. 일반적으로 문학작품에 등장하는 '고향'이라는 말은 우리들에게 포근함, 그리움, 부드러움이라는 정감을 강하게 주는 어휘이다. 고향은 나의 현재를 가능케 하는 과거가 있는 곳이며, 나를 형성하게 한 공간이다. 말하자면 고향은 자아를 위한 시간적·공간적 배경이며, 우리들의 의식 속에 복합적으로 형성되어 있는 심성이 있는 곳이다. 우리가 태어난 곳은 생물학적으로는 어머니 뱃속이지만, 우리를 태어나고 키워준 곳은 고향이다. 그래서 우리를 태어나게 하고 성장하게 해준 어머니와 고향은 동의어에 다름 아니다. 이동민의 수필에서도 고향과 어머니는 등가의 의미로 등장한다.

　이동민의 작품에서 고향의 원체험은 가난과 그로 인한 크고 작은 상처로 각인되어 있다. 고향에 대한 트라우마는 성장기의 소년들에게는 흔히 가난의 체험으로 형성된다. 가난으로 구체화된 소년들의 성장체험에 가해진 상처는 그들에게 새로운 인식의 지평으로 나아가게 한다. 〈어머니의 눈물〉에서 자식이 그렇게 가고 싶어 하는 설악산 수학여행조차 보내주지 못하는 어머니의 아픔과 눈물, 〈보리가 익을 때〉에서 담쟁이 넝쿨로 둘러싸인 납작한 집과 보리타작 같은 하기 싫은 농사일과 꽁보리밥이 상징하는 가난에의 기억은 작가의 의식 속에 그대로 남아 있다. 삶의 환경변화는 사람들을 고향에서 분리시키고 그들을 고향에서 떠날 수밖에 없게 한다. 사람들은 아픈 기억을 외면하기 위해서 과거의 시간과 직면하는 것을 피하고자 하고 자신의 기억 속 어딘가로 숨고자 하면서 고향은 가슴 저 깊은 심연에 존재하게 된다. 그러나 자신이 가진 상처와 조금만 연관된 것이 나타나면 고향은 심연의 표면 위로 떠오르게 된다. 〈밤기차를 타고〉에서 옛 시골의 초등학교 여자 동창생의 전화는 바로 고향에 대한 기억 때문이다.

이제 뿔뿔이 흩어져 객지에 살고 있는 우리가 영원히 돌아가고 싶은 곳은 마음의 안식처인 고향이다. 여동창생이 화자에게 전화를 한 것은 단순히 동창생의 안부를 묻기 위해 전화를 한 것이 아니고 바로 자신이 태어나고 자라난 고향을 회상하며 고향의 존재 여부에 대한 확인을 하기 위함이다.

라캉이 말했듯이, '응시'는 바라보기만 하던 것에서 보여짐을 아는 순간 일어난다. 그래서 실재라고 믿었던 대상이 자신의 욕망을 충족시키지 못함을 깨닫고 다시 욕망의 회로 속으로 빠져들게 된다. 작가는 세상을 바라보는 존재이면서 동시에 보여지는 존재이기 때문에 작품 속에서 작가의 무의식은 여실히 드러나게 된다. 이동민은 그의 수필을 통하여 우리들 마음의 저 깊은 심연을 들여다보고자 하는 노력을 게을리하지 않는다. 예컨대 〈잃어버린 신발을 찾으러〉와 같은 작품에서 그는 잃어버린 신발을 찾아 나서는 연상여행을 통하여 아버지의 상실에 대한 그리움을 일구어낸다. 자신에게 끝내 운동화를 사주지 않았던 아버지에 대한 기억, 그리고 그 신발을 통하여 "기억하고 싶지 않은 일들, 그리고 찾아지지 않는 신발, 무섭기만 하였던 어린 날의 기억"을 작가는 다시 떠올린다. 그러면서 작가는 마음의 심연에는 모두 저마다의 사연이 있을 것이라고 생각하면서 어쩌면 자신이 찾기 위해서 헤매는 신발에도 자신이 모르는 사연이 담겨 있을 것이라고 여긴다. 그 사연을 알아내기 위해서 자신은 죽을 때까지 신발을 찾기 위해 헤맬 것이라고 생각한다.

이동민은 이 세상과 사물을 응시함에 있어서 결코 노골적인 감정을 드러내거나 지나친 욕망을 드러내지 않는다. 그러면서도 이 세상과 인간의 모습을 담고 있는 아득한 심연에 대하여 부드러운 시선으로 성찰을 게을리하지 않는다. 그의 문학은 거의 보수적이다거나 순응적이라는 혐의를 낳을 정도로 삶과 인간을 부드러운 시선으로 바라보면서 그들에게 다가선다. 그것은 타자를 바라보는 시선과 사유를 통해서 더욱 구체화된다.

3. 타자의 사유, 부드러움의 주체

인간은 삶을 영위해가면서 만나게 되는 다양한 경험과 사건을 통해서 스스로의 삶의 능동성을 확보하게 되고, 더 나아가 자신의 삶에만 집중되어 있던 이기적인 생각과 시선으로부터 타자에 대한 인식과 사유로 옮겨간다. 따라서 진정한 개인적·사회적 주체로서의 삶의 출발은 타자와 세계와의 관계맺음을 통하여 이루어진다고 할 것이다. 타자와 함께 살아가는 공동적 삶의 세상은 레비나스의 철학에 의하면 '타자의 사유'에서 비롯된다. 이기와 독선으로 규정지어지는 현대사회에서 자아를 통하여 타자와의 인격적·사회적 관계가 가능할수 있는 공간을 만들고자 하는 것은 대단히 중요한 과제이다. 주체가 내부가 아닌 바깥 세계와의 관계를 만들기 위해서는 먼저 자아의 내면성이 새롭게 구성되어야 한다. 자신에게 일어난 사건을 통해 자아의 내면이 새롭게 구성되고 그를 통해 밖을 내다보며 주체를 이루는 과정이 있어야 하기 때문이다. 레비나스가 강조하듯이 진정한 의미에서의 주체성이란 바깥 세상과 타자를 받아들이는 사유에서 생겨나게 된다.

　이동민은 끊임없이 타자의 모습을 통하여 자신을 단련시켜 나가고자 하며, 그럼으로써 보다 나은 새로운 삶을 꿈꾼다. 그의 작품에서는 흔히 타자를 위한 삶을 통해서 우리에게 희망의 메시지를 전달코자 한다. 이동민의 타자에 대한 사유는 주로 그의 직업인 의사로서의 의료체험에 의해 이루어진다. 작가이면서 동시에 의사로서의 이동민의 의료행위는 지극히 인간적이다. 그에게 냉혹한 과학과 기술의 총화인 의료행위 보다 중요한 것은 환자와의 인간적 대화와 교통이다. 의료인 으로서의 이동민에게 환자는 이해나 분석의 대상이 아니라 스스로 타자가 될 수 있는 가능성을 지닌 또 다른 타자이다. 타자의 고통의 틈새를 통하여 나의 고통을 바라볼 수 있고 환자와 교감한다는 것은 결코 예사로운 일이 아니다. 만약 이동민이 의사라는 직업인으로서만 존재하고 그에게 작가로서의 심성이 없었다고 한다면 이 같은 일이 가능했을까. 또한 작가가 타인의 고통을 넘나들면서 함께 공감할 수 없다면 그에게 문학이 무슨 의미가 있을 것인가.

　〈진료실 풍경〉에서 보건소를 찾아오는 할머니들에게 의사

의 진료보다는 말상대가 되어주는 것이 더 반가운 행위가 된
다. 할머니들은 빈번히 간호사의 만류가 있을 때까지 의사에
게 매달린다. 할머니들은 "긴, 긴 인생사의 온갖 사연들을 진
료실의 허공에다 뿌려 놓고는 느릿느릿 일어났다." 이런 '진
료실의 풍경'이 잘 보여주듯이, 타인의 삶에 중심을 둔 이동
민의 의료행위는 할머니들과의 대화를 통하여 윤리적 주체를
다시 세우게 되고 자신의 새로운 정체성을 얻게 된다. 우리가
타인에 대해서 아는 것이 거의 없다는 것을 인식하는 것이야
말로 진정한 소통의 출발이 될 수 있다. 타인의 시선으로 타
인을 배려하고 타인을 위한 존재가 되어간다는 것은 타인에
의한 방식으로 그들과 소통하는 것을 의미하는 것이다. 그럼
으로써 그는 보통사람들의 눈으로 볼 수 없는 것을 보게 되
고 타인과의 진정한 소통을 이룰 수 있는 존재가 된다. 그래
서 〈소리 없음에〉에서와 같이 진료실에서 바라본 고통과 슬
픔, 그리고 삶의 풍경은 자신에게 새로운 모습으로 다가온다.

　　여전히 바람은 불고 있었지만 창으로 막혀서인지 바깥의 소리
　는 하나도 들리지 않았다. '소리 없음', 이것이 내 귀가 감지해낸
　유일한 소리였다.
　　오래도록 바라보고 있으니 마음의 귀가 열리면서 듬성듬성한
　나뭇잎에서 노랑나비의 날개짓 소리가 들려왔다. 잎이 아니고, 수
　많은 나비들이 앉아서 날개를 폈다 오므렸다 하는 모습이 마음의
　눈에 비치기 시작하면서 그들의 속삭임도 들려오고 있었다.

다시 한 번 레비나스에 기대어 이동민의 모습을 살피면, 작가는 타자의 모습을 통하여 자신의 '홀로서기'를 이루고자 하는 것이라 할 수 있다. '홀로서기'를 통하여 작가는 내면성의 정립 혹은 자기 정체성의 확립을 이루게 되고 윤리적 주체로서 다시 탄생하게 된다. 자신의 정체가 무엇인지를 제대로 알 수 없는 상태에서는 진정한 주체란 성립할 수 없다. 진정한 주체로 홀로서기를 했을 때, 그에게는 여태 보이지 않던 타자의 몸짓도 보이고 그들의 속삭임도 들리게 된다. 이동민은 사물이나 사람들과의 소통과 교감을 통하여 더 큰 행복과 사랑을 포착한다. 그래서 "수많은 나비들이 앉아서 날개를 폈다 오무렸다 하는 모습이 마음의 눈에 비치기 시작하면서 그들의 속삭임도 들려오고 있었다."는 문장과 같이 한없이 부드럽고 축소된 작가의식이 포착해낸 아름다운 아포리즘이 나타나게 된다. 그의 삶은 자신이 당면하게 되는 현실세계와 인물들 속에서 자리 잡고 있는 타자를 위해 살아가고자 하는 노력에 의해서 더욱 강화되고 결속된다.

　〈삶은 카니발이 아니다〉에서 던지는 인생의 의미에 대한 근원적인 물음, 〈외딴방〉에서 하숙집이 상징하는 현대사회의 닫힌 공간, 실크로드의 학술 답사 과정에서 〈뭐하는 짓이고?〉라는 실존적 화두에서와 같이 모두 타자의 목소리에 주체가 응답함으로써 새로운 주체로 성장할 수 있게 된다. 더 나아가 주체의 존재 의미는 자신과 타인 사이로 그 중심을 이동하게 될 때 더 큰 의미로 다가온다. 자신의 삶은 물론 타인의 삶과 그 고통까지도 자신의 몫으로 떠안음으로써 이 세상과 인간에 대한 의미는 새로운 모습으로 다시 태어날 수 있게 되는 것이다. 그래서인지 인간과 세상에 대한 그의 물음은 언제나 생성과 소멸이라는 근원적이며 본질적인 의미를 지닌다.

실제 이동민 수필세계의 끝자락에서 우리가 만나게 되는 것은 인간존재와 세상의 종국에는 결국 아무것도 존재하지 않을 것이라는 일종의 허무주의이다. 그래서 그의 작품들은 안과 밖 사이, 슬픔과 기쁨 사이, 빛과 어둠 사이에서 존재의 부재와 그 쓸쓸함이 암시되고 있다. 존재의 참모습은 눈앞의 형상 뒤에 숨은 채 이따금씩 우리들에게 그 희미한 모습을 보여줄 뿐이기 때문에 봄날의 안개같이 피어오르는 형용할 수 없는 기다림과 그리움의 아스라한 광경으로 보여질 뿐이다. 그것은 종착역에서 출발역을 그리워하고 인생의 황혼에서 새로운 삶을 기다리는 거와 같다. 이러한 작가의 인식은 〈문양역〉에서 잘 묘사되고 있다.

쉼터에서 멍하니 앉아 있는 노인들이 지하철 전동차를 타고 생활의 현장이기도 한 도시를 가로 질러 이곳까지 온 이유는 무엇일까. 유년의 추억을 만나러 왔는지도 모르겠다는 생각이 들었다. 인생의 새로운 출발점을 만나러 여기까지 일부러 찾아온 것은 아닐까, 하는 생각이 들었다. 그 출발점이 데려다 주는 곳이 어디인

지는 모르지만, 그곳에는 새로운 삶이 분명히 있으리라 믿으면서
문양역을 찾아왔는지도 모르리라는 생각이 들었다.

- 〈문양역〉에서

4. 부드러운 세상을 꿈꾸며

이동민의 수필에는 이 세상과 사람들에 대한 다양한 이야
기들이 존재한다. 텍스트 안에서 작가는 주체이지만, 텍스트
외부에서도 그는 이 세상과 사람들과의 조우를 이루고자 한
다. 따지고 보면 문학은 자아와 타자 사이의 만남의 이야기이
고, 이동민의 문학도 작가가 전하는 타자의 이야기일 뿐인지
모른다. 중요한 것은 세상과 타자를 문학적 소재로 이용하고
있다는 사실을 넘어서, 작가가 만난 세상에 대한 이야기를 어
떻게 하고 있는가, 타자를 대하는 태도가 어떠한 것인가 하는
점이다. 이동민은 자아와 타자, 자아와 세상이 공존하기 위해
서 우리가 해야 할 일은 무엇이며 우리가 가야할 길은 어떠해
야 할 것인가에 대한 질문을 그의 작품에서 거듭한다. 길은
사람이 만들지만 인위적이지 않은 자연스러움에 그 아름다움
이 있다. 이동민은 날카로운 각과 면이 대립하는 딱딱한 사각
의 공간보다는 언제나 부드럽고 긍정적인 원의 공간을 만들
고자 한다. 그는 세상과 인간에 대하여 균형과 절제라는 부드
러움의 미학을 통하여 자신의 삶과 문학을 이끌어 간다.

작가는 이 세상과 인간이 간직한 이야기들을 새롭게 경험

하고 알 수 있게 해주는 존재이다. 여기서 더 나아가 그들은 아름다움과 선의 영역을 확장시켜가면서 보다 따뜻한 시선으로 이 세상과 타인들을 위무慰撫하는 윤리적 주체이기도 하다. 이럴 때야말로 작가는 고정된 명사형 객체로 존재하는 것이 아니라 움직이는 동사형 주체로 존재할 수 있게 된다.

이동민의 삶과 문학을 통해서 우리가 확인하게 되는 사실은 그는 언제나 우리가 살아가는 지금 이곳에서 타인을 위한 타인의 시선으로 자신의 살아가는 이야기를 하고 있다는 것이다. 그들을 통하여 작가는 폭력과 어둠이 지배하고 있는 이 암울한 세상 속에서 밝음의 세상을 꿈꾼다. 이것은 그의 수필세계가 삶의 문학이라는 수필문학의 본래적 문법에 충실하면서 아름답고 자연스러운, 그러면서도 부드러운 삶의 무늬로 채색되어 있음을 말해주는 것이다.

연보 ———

1946년 경주에서 태어나서 그곳에서 고등학교까지 다님.

1964년 경북대학교 의과대학에 입학.

1979년 소아과 의사가 되어서 종합병원 근무를 거처 개원함.

1980년 경북대학교 의학박사 학위 취득.

1992년 수필문학에서 천료를 받아 등단.

1994년 첫 수필집《떠내려 간 고향》(교음사) 출간.

1996년 수필집《지금, 우리가 사는 세상은》(교음사) 출간.

1998년 《수필과 비평》공모 수필평론 당선.

1999년 수필문학사 수필문학상 수상.

1999년 수필집《우리 시대의 이야기》(교음사) 출간.

2000년 육아서《우리 아이는 잘 자라고 있는가》(북랜드) 출간.

2003년 수필집《감각의 제국, 그 벽속에서》(그루출판사) 출간.

2004년 민속연구서《우리 고을 지킴이, 팔공산》(북랜드) 출간.

2006년 수필집《뭐하는 짓이고》(북랜드) 출간.

2007년 영남대학교 대학원 미학미술사학과에서 2년간 수학.

2008년 평론집《수필, 누구를 쓸 것인가》(북랜드) 출간.

2009년 이론서《문학치료와 수필》(수필과비평사) 출간.

2010년 창작론《수필쓰기 방법론 넷》(수필과비평사) 출간.

2010년 창작론《수필, 어떻게 쓸 것인가》(수필과비평사) 출간.

2011년 미술사《한국 근·현대 서예사》(수필과 비평사) 출간.

2011년 황의순 문학상 수상

2012년 수필집《잘 사는 게 뭐지?》(수필과비평사) 출간.

2012년 미술사《조선 후기 회화사》(수필과비평사) 출간.

2012년 대구문인협회 올해의 작가상 수상.

2013년 소설《도원에 부는 바람》출간.

2014년 《중국 고대 미술사》(수필과 비평사) 출간.

2014년 현재 영남수필 학회 회원, 영남문화회 회원, 대구문협 수석
        부회장, 수필문예 학장, 20년째 '그림 사랑회' 운영.